Beverley Glick
貝佛莉・葛利克——著

林步昇——譯

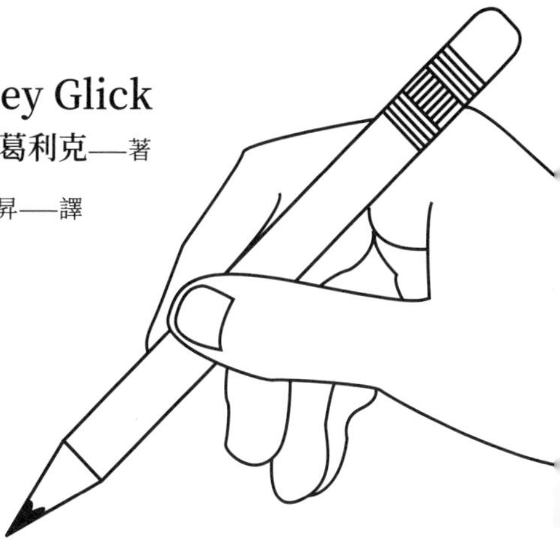

寫下你的
關鍵詞

選對詞，解鎖生命故事，
展現影響力

IN YOUR
OWN WORDS

Unlock the power of your life stories to influence,
inspire and build trust

本書獻給我的母親露西爾，謝謝她始終熠熠生輝；
也獻給我的父親比爾，謝謝他如此細心又幽默；
最後獻給所有我愛過、失去過的朋友。

目次

Secretary（祕書）

第四章

成年的關鍵詞

- 哪些詞最能代表你的成年時期？
- 哪些詞你想要告別？
- 哪些詞讓你以自己為榮？

Writer（文字工作者）／Nom de plume（筆名）／New Romantic（新浪漫派）／Spesh（特別版）／Pop（流行樂）／Gossip（八卦）／Stilettos（細高跟鞋）／Fetish（戀物癖）／Dominatrix（女王，BDSM文化中的支配女性）／Single（版本二：單身）／Astrology（占星）／Therapy（治療）／Editor（編輯）

Grief（悲慟）／Solitude（獨處）／Unspoken（未說出口）／Spoken（說出口）／Author（作家）／Intuition（直覺）／Precision（精準）／Clarity（清晰）／Contentment（滿足）／Soul（靈魂）／Surrender（臣服）／Serenity（寧靜）／God（上帝）

第七章

最後的關鍵詞

- 你最後一個關鍵詞會是什麼？
- 它是否跟你的第一個關鍵詞有所關聯？
- 如果可以規畫人生最後所說的話，你會說些什麼？

第二部分——運用你的關鍵詞

各界好評

在這本激勵人心的書中，貝佛莉讓我們看見文字何以是世上最強大的力量。你會發現，每個人都有各自的關鍵詞與生命故事，這些都塑造了我們的過去，也能重新定義我們的未來。

——麥可・馬格里斯（Michael Margolis）／**Storied** 執行長

貝佛莉讓我們看見一件非常特別的事：述說自己的生命故事的同時，還能創造連結與意義。而她不是光告訴我們方法，還親自示範了一遍。如果你曾希望運用自己的人生經驗來發揮影響力，這本書絕對適合你！

——瑪莉安・克萊蒙斯（Mary Ann Clements）／Action on Disability and Development 共同執行長暨轉型長

貝佛莉把社會上熱烈討論的「說故事」主題，轉化得簡單易懂、貼近生活，甚至人人都能做到。她的方法既簡單又聰明，只要梳理你人生中的關鍵詞，就能解鎖你的故事。貝佛莉以她自身的關鍵詞，帶我們踏上笑聲滿滿、感動人心的生命旅程。如果要用幾個關鍵詞來形容這本書，我會說：眞摯、啓迪人心、原汁原味，必讀！

——莎拉・勞伊德—休斯（Sarah Lloyd-Hughes）／Ginger Leadership Communications 創辦人暨執行長

這本書是精彩又易讀的指南，協助你讓自己的故事和人生眞正鮮活起來。貝佛莉是一流的生命故事教練，帶領你透過簡單又厲害的過程，挑戰你的限制性信念，引導你進入自我賦能的心態與思維，進而釋放你的說故事潛能。這本書不只是改變人生，更能改變你的說故事方式，重寫遊戲規則！

——畢芭・比諾提（Biba Binotti）／Global Warriors Ltd 創辦人暨執行長

貝佛莉爲我們開啓了一扇門，讓我們找到自己的關鍵詞，打破內在的限制。

——阿爾恰娜・莫汗（Archana Mohan）／Veritas Investment Partners 營運暨技術長

對我來說，與貝佛莉合作的過程是翻天覆地的轉變。我不僅能分享自己的生命故事，還感受到自己被眞正看見與理解。貝佛莉和她這套方法，讓我建立起自由書寫的信心。我非常高興她寫出這本書，讓更多人可以認識她，了解她在說故事方面的天賦。

——齊娜・米（Zena Me）／Eldership for Leaders 創辦人

幾年前，我有幸與貝佛莉一起梳理自己的生命故事。這個過程幫助我釐清了那些眞正界定我的關鍵，還挖掘出過去不曾察覺的內在驅動力與慣性。我在理解它們的根源後，終於能拼湊起自己人生拼圖的碎片。我非常高興貝佛莉藉由這本書，把她的天賦分享給更多人受惠。

——雷蒙・霍寧斯（Raymond Honings）／Seemotion BV 創辦人暨負責人

這是一本鼓舞人心、洞見深刻又感動的指南，幫助你發揮個人生命敘事的潛力。我曾與貝佛莉彙整我的生命故事，很高興她寫了這本書。

——萊斯莉・派恩（Lesley Pyne）／《*Finding Joy Beyond Childlessness*》作者

推薦序

尼克・威廉斯（Nick Williams）

有關文字的力量，我想起了自己的兩段生命故事，都是發生在青少年時期。十五歲時，我的英文老師潔米森女士讓全班觀看法蘭柯・齊費里尼（Franco Zeffirelli）執導的《羅密歐與茱麗葉》，那部電影成爲我心靈的養分。莎士比亞的文字深深觸動了我。即便當時我無法完全理解他的語言，某種美麗的共鳴卻牽動了我的心。

遺憾的是，我也因此誤以爲愛情必須是悲劇，日後花了好長一段時間才擺脫這個信念的束縛。如果有機會與莎士比亞的靈魂相遇，我一定會跟他聊聊這件事，但同時也會感謝他雋永的語言，感謝他的文字對我的深遠影響。雖然這些文字寫於幾百年前，但感覺彷彿他穿越了時空，筆下的詞彙與心靈與我連結。

我父親是衛理公會的義務宣教士，每逢禮拜日都會在當地教堂講道。他熱愛文字和語言，只要在電視、廣播或雜誌上發現有趣、睿智的內容，他都會記錄下來，加入他稱作「文思寶庫」的精選，然後融入講道中。

有時，他聽到我說了一句智慧或幽默的話也會記下來，收進他的文思寶庫。後來，我發現自己的話出現在他的講道中，還引用了我的名字，讓我既驚喜又覺得受到莫大的肯定。我相信，正是他的影響，讓我找到屬於自己的文字人生，成爲講者、作家、教練與導師。現今，我的工作就是把適當的話語，在適當的時間說給適當的人聽。儘管父親已於二〇〇五年去世，他的文思寶庫我仍保留至今。

我認識貝佛莉超過十年了，每次我有新的想法，都會請教她的意見。在我們每次的對話中，都可以感受到她對於說故事與自我表達的熱愛。有一次，我問她出版過的文字數量，她的答案就在接下來的前言中。

語言可以是實用的工具，也可以進入個人的內心深處。文字可以觸動心靈、可以療癒傷痛，甚至可以透過背後的能量引起共鳴。如今，貝佛莉又寫了四萬多字，我認爲這是她數一數二精彩的作品。這本書十分好看，讀來津津有味，眞誠地分享了她對特定詞彙的體驗，以及對語言的熱愛。

我最喜歡的是，貝佛莉讓這些詞彙貼近她個人內心。她把我們熟悉的詞語，賦予了自己的意義，讓我們得以窺見她的靈魂深處。我很榮幸能有這樣的機會，也希望你同樣感受到這份榮幸。

我很高興，她是公認第一個在出版物中使用「新浪漫派」一詞的人，也很替她開心，因爲這個觀念已遍及全世界。有時，一個詞也可以承載沉重的意義。對貝佛莉來說，這個詞是「中風」，這個詞改變了她和家人的生活。我同樣慶幸的是，她也讓我們看見，光是一個詞就可以爲我們開啓無限的可能：作家、藝術家、創業家。

我喜歡聽別人在表達他們最切身的經歷時，不經意地牽動了所有人共有的情感，這就像是一份珍貴的禮物，讓心與心、思想與思想產生連結，哪怕只是一瞬間，也能讓我們覺得自己並不孤單，而是彼此相連，產生「原來不只有我這樣，我並不孤單，我是人」的共鳴。就像莎士比亞一樣，貝佛莉跨越了時空，用她的文字和心靈感動我們。

也許她自己並未意識到，她用詞彙精彩地詮釋了自己的人生，也因此教會我們如何表達自己。這正是她的專業。但跟大部分人一樣，想清楚看見自己作品的力量可能並不容易。某種程度上，這也不是她的責任。她的責任就是追隨她對文字、故事與寫作的熱愛，以及與讀者分享成果。而我們就是她作品的最大受益人。

謝謝妳，貝佛莉，這本書是送給世界的禮物，深深啓發了我。相信讀者也會深受感動與激勵。祝福妳，未來繼續創作更多文字，運用雙手與心靈帶來更多啓發。

（本文作者為領導力教練暨作家，出版《*The Work We Were Born to Do*》、《*Pivotal Moments*》等十九本書）

前言

我開始寫這本書是二〇二〇年的春天，世界正因新冠疫情而停擺。當時，我訝異於語言演化的速度之快，身邊的人突然開始使用許多從未見過的新詞彙，例如「封城」。這些詞彙有助我們適應未知的環境，也形塑了我們在疫情下的生活故事。我想，在英國提到「pandemic」（全球大流行病），大部分的人都有故事可說，而這些故事在二〇二〇年三月以前根本不可能存在。

語言的下一次快速演化，勢必會由AI（人工智慧）推動。實際上，我問過ChatGPT「AI對語言的影響是什麼」，我得到的答案是：AI會大幅改變我們溝通和接收資訊的方式，同時點出了值得擔憂的事，即機器生成的文字可能導致人類語言失去原創性與創造力。因此，在我看來，人類需要提升自己的程度，更用心地運用語言，以更有創意的方式說故事。未來，「人類原創」也許會成爲品質與眞實的重要標籤。

然而，無論在未來的世界裡，病毒或科技帶來多大的影響，人類始終活在故事之中。正如克莉絲汀娜·鮑德溫（Christina Baldwin）在她的著作《故事捕手》（*Storycatcher*）中寫道：「我們就像魚活在水中一樣，生活在故事裡。我們在文字與影像中悠游，也像魚鰓過濾水流般，透過腦袋來篩選故事。我們無法不用語言思考，也無法不用故事來梳理經驗。」我們是說故事的動物，天生就以故事來理解世界，透過語言開啓自己的生命歷程。

我深知，語言既能成爲武器，也能帶來美好。在我長達四十年的專業寫作與編輯生涯中，我曾拋出許多「文字炸彈」，也曾用文字描繪動人的畫面。我在一九八〇年代初期以音樂記者的身分開始出版文章、環遊世界，後來轉爲撰寫旅遊文學。隨著紙本媒體式微、新聞網站普及，我選擇離開新聞業，轉而成爲潛能開發教練，投身於口語表達領域，專門訓練領導者成爲更具影響力的溝通者與說故事的人。現今，除了在公開演說領域提供培訓，我還協助領導者開發他們的思維領導力，撰寫能提升名望、推動事業的書籍。

我畢生都對語言懷有深厚的熱愛，運用文字來書寫與表達，對我來說非常重要。但我不是語言學家、文獻學家或小說家。身爲一名前記者，現在則是企畫編輯與寫作教練，我明白說好故事不僅能促進個人成長，對職業生涯也大有助益。我始終相信，謹慎的用字遣詞，能傳遞準確的意思，也相信要運用平易近人的語言，讓一般民眾都能理解。

在動筆寫這本書之前，好友尼克・威廉斯（他出版了許多書籍，也爲本書撰寫推薦序）問我：「妳這些年來出版過多少字呀？」我大概算了一下，保守估計兩百萬字。

這兩百萬字都有酬勞，目的是娛樂、啓發與教育讀者。

這兩百萬字多半刊登在已停刊的雜誌中、在全英發行的報紙上（報紙可能被拿來包炸魚薯條），近年來則出現在部落格文章中。

我希望，這兩百萬字曾有部分觸動人心、啓發靈感、帶來創意、介紹全新的音樂、協助讀者釐清觀點、改變想法、喚起行動、讓人哈哈大笑或熱淚盈眶，或至少影響讀者的旅遊計畫。說起來，我是文字百萬富翁，太過癮了。我至今仍然無法相信，原來自己的文章曾有數百萬人讀過。

過去，我的文字大多是寫自己以外的人、地方與事件，如今我覺得是時候寫自己的生命故事了，畢竟在這方面我肯定最有資格。因此，在心理學家卡爾．羅傑斯（Carl Rogers）筆下名言「愈往內心深處，愈能引發共鳴」的啓發之下，我決定記錄那些影響自己最深、至今依舊重要的詞彙。我的用意分成兩點：首先，透過這些影響深遠的詞彙，回顧我的生命故事，展現我是誰。第二，示範如何透過個人關鍵詞彙打開內心深處的故事，發掘力量與意義。

我經常遇到作者或講者對我說，他們沒什麼有意思的故事可說，就算眞的有故事，又有誰想聽呢？我都會回答：「世界上沒有平凡的人生，我們都有不平凡的故事值得分享。」每個人都只會活一次，你又憑什麼不說自己的故事呢？我想知道你是誰、你的熱情所在、你獨特的觀點。我想閱讀、傾聽你的故事，不希望故事就此被埋沒。我希望能在你的故事中找到共鳴、與你產生連結，受惠於你個人經驗的體悟。

正如傑伊．高登（Jay Golden）在《值得再說一遍》（*Retellable*）一書中寫道：「你的生命故事，其實是由許多小故事所組成。這些故事蘊含了你最重要的洞見與人生智慧，可以建立深度連結、引發共鳴，協助受眾跨越障礙，採取從未想過的行動。」我也完全認同他提出的觀點：「對於想要帶來改變、創新或成爲企業領導者的人來說，好好說故事是最重要的能力。」

只要你符合以下任何一種情況，這本書就適合你讀：

- 你是企業領導者，明白說故事是一種強大的工具，想學習如何運用個人故事打造信任感、服務受衆或傳遞理念。
- 你是講者或作家，希望找出有意義的個人故事，應用於演講、部落格、文章或書籍。
- 你已步入中年，對於個人成長深感興趣，希望透過回顧過往經歷來整理自己的故事，讓未來更有方向。

即使你尚未步入中年，也可能正處於一個關鍵時刻，開始回顧自己的過去，想要對於個人和專業發展產生助益。現今，你正站在人生的高點，正好適合反思自己的故事，思考自己來自何方，又將前往何處。

為何要說故事？

當你想到「說故事」，腦海中可能會浮現睡前童話故事或圍坐在爐火旁的溫馨小故事，這些當然各有重要的價值。但其實，說故事還有科學實證的價值。普林斯頓大學神經科學家尤里・哈山（Uri Hasson）指出：「只要透過說故事，你就能在聽眾的大腦中植入想法、思維和情感。」這點同樣適用於寫作。

這又是如何運作的呢？這涉及一種稱作「神經耦合」的現象，發生在說故事者與受眾的大腦之中。當你用口語或文字講述故事時，你的大腦會與受眾的大腦同步，所以你才能植入想法。這聽起來有點毛毛的，但其實這種現象時時刻刻都在發生！哈山進一步表示：「故事是唯一能啓動大腦特定區域的方式，好讓聽眾把故事轉化爲自身靈感與經驗。」

我特別喜歡神經科學家大衛・伊格曼（David Eagleman）在史丹佛大學 Podcast 節目《快速思考，聰明說話》（*Think Fast, Talk Smart*）中所舉的例子，他提到電影《星際大戰：曙光乍現》中，路克天行者瞄準太空要塞「死星」的通風口，成功發射質子魚雷的關鍵時刻：「想要別人接受一個想法並不容易，除非擊中龐大系統中的小缺口。而對大腦而言，這個小缺口的形狀就是故事。」

沉浸在故事中還會啓動大腦的「鏡像神經元系統」，讓讀者或聽眾不自覺地代入故事中角色的情緒。心理學家蘭妮・彼得森（Lani Peterson）進一步指出，當我們聽故事時，大腦會釋放三種關鍵化學物質：皮質醇、多巴胺和催產素。這爲何重要呢？因爲如果我們努力想把靈感留下，皮質醇便有助於記憶形成，多巴胺讓我們保持專注，催產素（又稱作「同理心物質」）則能促進良好關係的建立與深化。如果你需要更多證據，史丹佛大學教授珍妮佛・艾克（Jennifer Aaker）指出，相較於單純的事實，故事的記憶度高出二十二倍。

另一個有趣的研究領域是「敘事認同理論」，探討了用故事詮釋人生的影響和好處。心理學家丹・麥克亞當斯（Dan McAdams）曾在訪談中提到，我們大約從青春期開始，便成爲「自我人生的歷史學家」，這會隨著時間變化與成長。我們受到生活經驗與當下心境的影響，不斷修正自己的生命故事。我們在此刻所述說的故事，往往也透露出自己未來的走向。麥克亞當斯認爲，生命故事就是一種心理資源，有助我們做出決定，推動我們向前邁進。

為何我要說故事？

「storytelling」這個英文字的意思與演變也是一個故事的縮影，最早指的是口述眞實事件，類似於口述歷史。在書寫尚未問世之前，人類只能透過口耳相傳來傳遞知識與智慧。後來，這個詞的意思才逐漸轉變成純屬娛樂的「虛構故事」。到了十七世紀晚期，「說故事」甚至成爲「說謊」的委婉說法。從此大勢底定，這個詞的可信度大打折扣。我猜，這也是爲何現今有些企業領導者抗拒「說故事」，因爲他們無法認眞看待說故事，認爲有損自己的公信力。

但撇開詞典的定義，我認爲說故事是一種「原始技術」，這是人類還住在洞穴裡時用來理解世界的方式。我們無法不說故事，如果沒有故事，我們甚至不知道自己是誰。故事幫助我們打造意義、建立連結、形成社群。沒有故事，我們就無法存在。正如作家強納森・歌德夏（Jonathan Gottschall）在《大腦會說故事》（*The*

Storytelling Animal）一書中寫道：「我們這個物種，天生就故事成癮，即使身體入睡了，腦袋依然不眠不休地說故事給自己聽。」

我從事寫作多年，但眞正踏入「說故事」這個領域，則是近年的事。二〇一二年，我認識了瑪莉安·克萊蒙斯（Mary Ann Clements）這位同樣熱愛故事的講者與作家。我們決定在倫敦共同發起名爲「故事派對」的定期說故事活動。我們的初衷是提供一個舞台，讓任何人都能在安全、支持的環境下，針對特定主題分享自己的故事，不需要公開演說的經驗。其實，我們聽過最動人的故事，往往來自那些從未在公眾場合說話的人，他們只是想讓自己的故事有人見證和重視。有些故事甚至是當事人第一次說出口。我自己最難忘的一次經驗是我姊姊在活動上的分享。她說，這是她第一次、也是最後一次公開說出那些經驗。對她來說，這是情感的釋放；對我們來說，則是深刻的感動。

我相信，說自己的故事是領導力的展現，需要勇氣和願意面對脆弱。這能培養自我覺察與情感智慧，也讓我們正視人性的不完美之處，在這當中看見價值。如果我們不主動說出自己的故事，或說得不好，就等於剝奪了別人從中學習與獲得啓發的機會。別忘了，我們在回歸塵土後，唯一留下的就是世人對我們的評價。因此，主導自己留下的故事極爲重要。

我深受理查．史東（Richard Stone）在《沙發上的說話課》（*The Healing Art of Storytelling*）中的文字所啓發：「當我們生命走到終點，唯一留下的，就是我們的故事。說也奇怪，這些故事是我們生命永垂不朽的門票。光是知道後代子孫仍會傳頌我們的故事，就讓我們得以超越時空的限制。」

因此，我邀請你開始探索自己的故事，並像丹．麥克亞當斯所說，打造專屬於你的心理資源。這本書的獨特之處在於透過特定的詞彙，引導你挖掘自己的故事，這有助你專注於這些故事的意義，以及從中獲得的自我認識與人生體悟。這也能讓你說起故事更加精簡有力，避免冗長瑣碎、缺乏重點。正如詞典中的定義，這本書中的「關鍵詞故事」都簡潔又具體。因此，我希望你能把自己視爲詞典編纂者，整理出屬於你的「人生詞典」。

如何使用這本書？

接下來你會發現，編寫人生詞典需要自我覺察與反思能力。爲了示範這個過程，我挑選了在不同人生階段對自己影響深遠的關鍵詞，簡單描述背後的原因。其他對我產生影響的詞彙還有許多，但唯有列出的這些至今仍大幅影響著我。

詞彙的意義不僅止於詞典上的定義，還可能提升自我形象，也可能消耗你的能量，甚至扭曲自我形象。因此，分辨對你來說重要的詞彙，有助於更了解自己與內在動機。這樣挑選關鍵詞的方式，也能成爲書寫生命故事的捷徑。

我想邀請你，運用我的關鍵詞當作引子，找出對你有正面意義的詞彙，以及仍束縛著你的詞彙。回顧自己的人生，我發現有些階段帶來特別多的關鍵詞，你可能也會有類似的體驗。我的人生階段只是參考，不必就此受限，尤其是你可能尚未中年。無論你的年齡爲何，都能按照這個方法，定義屬於自己的人生階段。

每章結尾，我都列出了一些值得玩味的問題，幫助你更深入思考影響自己最深的關鍵詞。這些詞彙可能你極爲珍視，也可能依然盤旋在心頭。你也許會發現，有些敘事已不再符合你的目標，而有些故事則能與你的價值觀和目標契合，可以讓你說話或寫作更有記憶點。

我也在書中設計了「停下來想一想」的練習，用意是分享我在這個過程中的體悟，同時說明常見故事結構中的關鍵元素，以及如何把你的「關鍵詞故事」結合成完整的敘事（詳見第八章）。故事結構分成許多種（圖書出版平台 Reedsy 就提供了實用的參考），但自傳式說故事最簡單的方式，就是把人生視爲一趟「旅程」，而你是克服挑戰、遇見貴人與導師的主角。

以下是這類故事結構的關鍵元素：

- **觸發事件：**Reedsy 定義為「推動故事主線，促使主角踏上轉變旅程的事件」。這不僅適用於小說，也適用於非小說。
- **衝突加劇／情節推進：**主角人生所面對的衝突與挑戰愈來愈大，可能帶來正面或負面影響，但始終與觸發事件相關。
- **危機或轉捩點：**這毋需說明，故事中至少會有一次危機或轉捩點，即累積的難題達到臨界點，迫使主角做出改變，並展現真正的自我。

- **高潮**：故事達到最緊張或最具戲劇張力的時刻，通常是主角面臨重大的抉擇與挑戰。
- **收尾**：高潮之後，原先由觸發事件引發的衝突得以解決，主角把這段故事畫上句點，邁向新的旅程。

由於我們仍在書寫自己的生命故事，因此並沒有眞正的「收尾」，但其中包含了許多完整的小故事。舉例來說，儘管我的故事還在繼續，我仍能找出目前爲止不同階段的收尾。隨著關鍵詞與故事逐漸浮現，你可能會跟我一樣經歷幾次靈光一閃的時刻，也可能更深入理解自身的內在動機與限制型信念，從而找到更滿意的收尾。

撰寫有意義的故事，關鍵在於「轉變」。一旦主角（也就是你）踏上旅程，改變就會發生。如果沒有任何改變，那就不是一個有意義的故事。在記錄這些關鍵詞時，你可能會發現微小的改變，但當你找到這些詞彙之間的關聯，拼湊出完整的敘事，那才是眞正的轉變時刻。一個全新的觀點可能改變你的心態或行爲，也絕對會讓你更加認識自己。

此外，這本書的許多內容也有關詞源學，即研究字詞的起源與相關的歷史演變。我時常查閱詞彙的原始意義，這讓我的直覺探索更有深度。我至今依舊留著父親的《柯林斯詞源詞典》（*Collins' Etymological Dictionary*），這是他一九三〇年代求學時獲得的禮物，提醒著我對文字的熱愛可追溯到童年。當你的關鍵詞浮現時，我建議你查閱詞源。網路上有許多免費資源，我個人偏好使用「線上詞源詞典」（Online Etymology Dictionary），這本書所有詞彙的定義皆出自於此。你應該優先順從你的直覺，但深入了解詞彙的起源，可能會帶來更多洞見，有助於了解這些詞彙對你格外重要的原因。

我建議你準備一本精裝橫線筆記本，專門用來記錄這個過程。本書中所有提問的用意都是要手寫回答，而不是使用筆記型電腦、桌機或手機。不過，如果你在沒有筆記本的情況下，突然想到某個字詞或故事，使用筆記APP來記錄也可以。手寫有其科學依據。麥克森・佛依（Michelson Foy）在《今日心理學》（*Psychology*

Today）的一篇文章指出，手寫能增強分析能力、記憶力，並促進創意流動。

你準備好了嗎？

你是否準備好要主導自己的故事，書寫自己的人生了呢？但開始之前，請牢記一點：這個過程必須要完全誠實、帶著勇氣。如果你發覺自己頻繁湧現強烈情緒，像是憤怒、悲傷或恐懼，或開始覺得無法承受，請尋求專業心理師或諮商師的協助。但務必記得，你可以決定要分享哪些內容，無論是私下還是公開分享都一樣。如果你打算以文字或口述的方式分享個人故事，就要確保這些故事來自已經癒合的疤痕，而不是尚未癒合的傷口。換句話說，這應該是你已消化、從中獲得領悟的故事，而不是仍然讓你情緒激動的傷痛回憶。選擇對你有意義的詞彙來書寫，也有助於篩選要分享的內容，讓你始終掌握敘事權。

祝你一切順利！我們會在這趟旅程的終點再次相見。我會在第八章與你分享更多有關編纂「人生詞典」的想法，以及如何運用這些關鍵詞故事。

第一部分

關鍵詞構築的人生

第一章

最初的關鍵詞

在人生的開端，嬰兒經過數個月的牙牙學語，終於開始發出可辨識的詞彙或類似的聲音。不同於臨終遺言的是，最初的詞彙往往不具文化價值，除了關愛孩子的父母，鮮少有人會特別慶祝這個時刻。

有關最初的詞彙，我最喜歡的一種說法來自人類學家奈吉爾・巴利（Nigel Barley），他在《天真的人類學家》（*The Innocent Anthropologist*）中寫道，喀麥隆與奈及利亞的恰姆巴族（Chamba）相信，嬰兒的牙牙學語與失智者的喃喃自語，其實是靈界的語言：「嬰兒尚未遺忘，老人則開始回歸，這正是長幼之間的共鳴。」

你掌握了母語後，很快就能理解簡單的肯定與否定詞彙。但我好奇的是，那些你聽過、但尚未理解的語言，是否也已悄悄產生了影響？這些詞彙的能量，可能讓你本能地感受到愛，也可能讓你對世界產生潛在的恐懼與不安。這一切無從得知，但在內心深處，你已隱約有所感應。

就像世界上許多嬰兒一樣，我最初說出的詞是用來稱呼對我而言最親近、最依賴的那個人。我不禁納悶，如果在嬰兒時期曾苦於難以被大人理解，這種掙扎是否會持續影響一輩子？

Mama（媽媽）

我在母親二〇二〇年九月過世（享耆壽九十三歲）的前幾個月，問她還記不記得我開口說出的第一個詞。她回憶，我最早脫口而出的是「媽媽」（完全沒有創意）。

根據《巴黎評論》（*The Paris Review*）的一篇文章，畢卡索說出的第一個詞是「Piz」（西班牙文的「鉛筆」），演員茱莉．安德魯斯（Julie Andrews）則是「Home」（家），這兩個詞似乎與他們日後的成就息息相關：畢卡索成爲了藝術家，而茱莉．安德魯斯則演出了世界上最知名的保母（《歡樂滿人間》〔*Mary Poppins*〕的主角）。不過，我母親還補充了一個小細節：我剛開始學說話時，老是會邊說邊指著東西。我相信這代表自己從小就充滿好奇心。她還說，我學說話的速度比一般嬰兒快，這點我也樂於接受。於是，我由詞彙構築的人生就此展開……

問問自己

如果你的母親、父親或照顧者還在世，不妨問問他們你說出的第一個詞是什麼。這個問題可能會帶出一段你最初如何學習溝通與表達的故事，甚至可能讓你發現一個對你來說很重要的價值觀，而這個價值觀本身也許就蘊含著故事。

我很感激能在母親認知能力開始衰退之前，就詢問了我說出的第一個詞。儘管可能有數百萬人說出的第一個詞都是「媽媽」，我仍然在其中找到了屬於自己的意義，特別是從中看到了我天生的好奇心。我至今一直保有這份好奇心，而這讓我能構築一個正向的自我敘事。

以下的提問有助你回想自己說出的第一個詞。挑選最能引起共鳴的問題，然後找個安靜、不受打擾的地方，寫下浮現在腦海中的任何想法。不必過度思考或修改，設定好時間，至少連續寫五分鐘不要停筆。這是喚起記憶、激發創意的最佳方式。如果看似無關的故事浮現，就順其自然吧，因為一定存在某種連結。這正是我在寫這本書中的許多詞彙時運用的方法，過程中常常帶來驚喜。

- 你說出第一個詞時，父母或照顧者有記錄或慶祝嗎？
- 這個詞是否很特別、很不尋常或讓人印象深刻？
- 這個詞對現在的你有什麼意義？
- 這個詞是否仍然影響著你？
- 這個詞伴隨的回憶是美好，還是辛苦？

第二章

童年的關鍵詞

在這一章中，我想聊聊在童年時期對你產生影響的那些詞彙，即那些家人經常掛在嘴邊的話語，或是塑造你童年自我認同、影響世界觀的文字，甚至是至今仍然對你別具意義的詞彙。

我的童年關鍵詞稍微說明了我如何感知並經歷那段歲月，對我而言，那是一段單純而美好的時光，生活尚未變得複雜。你的童年也許快樂，也許艱難，也許平淡無奇。但無論如何，都會有些詞語在你腦海中迴響，喚起你最初學習語言、建立詞彙的故事。

Corners（角角）

這個詞對我的童年有著特別的意義，它來自我母親的創意，用來形容我的「安心小物」：最初是指柔軟的刷毛棉睡衣腰帶末端的一小塊長方形布條。我母親既務實又有創意，後來都用她的勝家縫紉機，特地幫我縫製更多這類小布條，每條大約三十乘二・五公分，邊緣縫得整整齊齊。我至今依舊不知爲何，小時候就愛用布條的角角輕輕敲著鼻翼，這帶給我難以言喻的安心感，就一直這樣敲到八歲左右。這個經驗純屬個人喜好，我也是第一次寫下這段回憶。

最近，我讀了探討兒童「適應行爲」的心理學理論，才曉得或許我的「敲角角儀式」是一種自我安撫的行爲，協助我在焦慮或受到過度刺激時得到安撫。

希望每個人的童年都擁有屬於自己的「角角」，或至少是有特殊意義的東西，也許是一個暱稱、玩具，或是幻想中的朋友。即使到了現在，只要一想到「Corners」，我腦海中浮現的依舊是那些布條，而不是在日常用語指的「角落」。這個詞其實不常出現在對話裡（誰會沒事聊到複數的角落呢？），但每當我想到它，便彷彿回到了童年，回憶起自己曾用那塊布條敲鼻子的怪習慣，覺得有點不好意思。不過，這會讓我感到平靜與滿足，所以別人怎麼想又何妨呢？

更有意思的是，在許多文化裡，手指輕敲鼻翼這個動作往往代表「這是祕密」或「別多管閒事」。也許，每個人都有屬於自己的詞彙，蘊藏著個人記憶，別人無法輕易解讀。而這正是我們獨一無二之處，我們各自擁有專屬的祕密詞彙。

停下來想一想

回顧童年的詞彙時，請信任你的直覺，讓念頭自然浮現，不要急著評價。這些詞也許屬於你的「祕密詞彙」，早就深藏內心多年，只是以前從沒想過要分享或思索其中的意義。我在思考成長過程中的童年關鍵詞「角角」時，最讓我驚訝的是，它有許多不同的意思，但我的定義獨一無二。這讓我意識到，自己擁有豐富的內在世界，我並不輕易對外開放。我不是容易看透的人（至少以前不是），直到現在，「角角」才真正幫助我敞開自己。

我想在此先提醒，務必在你的關鍵詞故事中尋找「亮點」。這個概念是編劇波蓓特．巴斯特（Bobette Buster）在優秀小品《建構故事》（*Do Story*）一書中所創，指的是最能體現故事本質的細節，足以喚起感官體驗的時刻，例如童年時讓我無比安心的那條柔軟的刷毛棉布條。

請利用本章最後的提問，回憶童年時期的詞彙和感官記憶，挖掘潛藏的故事與記憶，也許會讓你和別人更明白你的想法和感受。

Sunshine（陽光）

我可以另外寫一本書，細數那些影響我一生的歌曲，但回憶童年關鍵詞時，我的腦海中浮現一個詞，它來自一首小時候母親常常哼唱的歌曲〈你是我的陽光〉（You Are My Sunshine），最早於一九四〇年錄製，之後有無數歌手翻唱，包括一九五一年的桃樂絲·黛伊（Doris Day）和一九五五年的納京高（Nat King Cole）。母親可能是聽到了後來的版本而深受感動，所以常常把副歌當作搖籃曲唱給我聽。雖然我無法引用完整歌詞（仍受版權保護），但對我來說，關鍵詞是：我是她的「陽光」，是她快樂的來源，以及她對我的愛有多深。就像「角角」一樣，我從這首歌中獲得安慰，每次聽到都安然入眠。

多年後，我才真正去思考這首歌的意義，才真正理解母親那時所表達的愛意，原來我就是她生命中的光。我相信，所有子女都是她的光，但她好像沒有唱這首歌給我的手足聽。因此，這首歌從小就深植我心，把陽光和愛、安全感和滿足畫上等號。

「陽光」這個詞帶著一種純粹，彷彿本身散發著無限的喜悅與活力。陽光具有熱情，也是生命的本質。但說來諷刺，我的皮膚極易曬傷，但即便如此，我仍然對這個詞有深刻的連結。在童年的歲月中，彷彿有無數的陽光照耀著我。

音樂史上有太多歌曲以陽光爲主題，近代最著名的是一九八五年卡翠娜與搖擺樂團（Katrina and the Waves）的〈走在陽光裡〉（Walking on Sunshine）。這首歌擁有難以抑制的快樂能量，完美詮釋了陽光這個詞的精髓。我想，每個人都值得在生活中擁有更多的陽光，無論是物理上的光或心靈上的光皆然。

Night-night（晚安安）

太陽下山後，夜晚來臨。在我還小到需要被抱上床的年紀，我們一家住在倫敦東德威奇的出租公寓。當時，我堅持要向家裡每件東西說晚安，最特別的是洗衣機，我會說：「洗衣機 Night-night。」這句話被我父親用開盤式錄音機錄下來，成爲家庭回憶的一部分。他很喜歡用錄音機捕捉家庭生活的有趣時刻。現在想想還眞有點訝異，我們家在那個年代竟然已有洗衣機了！也許正因爲如此，我才會特別對它問安吧？這樣現代化的裝置，想必讓母親的生活輕鬆了不少。

儘管「晚安安」對我的意義深植於一九五〇年代，但這個表達方式其實可追溯至十九世紀末，當時這是代替「晚安」（Good night）的「寶寶語」。長大以後，我不會再對洗衣機說晚安，但「晚安安」這個詞卻留在我的詞彙中，現在如果我和家人住在一起，仍然會使用這個詞（甚至經常簡化成「Ni-night」）。這個表達方式能讓我感到既溫暖又安心。

我相信許多人也有這些聽了就很安心的詞語，但往往不會記錄下來。我很喜歡這種私密感，你的又是什麼呢？

Gibberish（瞎掰話）

說來諷刺，身爲著迷於文字意義的人，我也超愛自創的瞎掰話，這點全都要怪我父親。他有著極爲荒誕的幽默感，影響他的是當年傳奇電台喜劇《呆瓜秀》（*The Goon Show*），主演成員是史派克．米利根（Spike Milligan）、哈瑞．席科姆（Harry Secombe）、彼得．塞勒斯（Peter Sellers）。父親就像那些演員一樣，經常自創瞎掰話，聽起來像德語混雜意第緒語的詞語（這其實也不奇怪，因爲他的猶太裔祖母有俄羅斯血統，根本不會說英語）。

舉例來說，他會在家裡隨口來一句：「Vein blott kitroiluk in de cloils」，再加上《呆瓜秀》經典台詞：「Needle nardle noo!」（稀哩呼嚕）和「You rotten swine, you!」（眞是豬欸你）我當時完全聽不懂這些話的意思，但一點也不重要。重要的是，我喜歡父親這種無厘頭的幽默，這也在我年幼的心靈中埋下了一顆種子：如果你有辦法在用字遣詞上玩出花樣，就能帶給別人歡笑。這段經驗不僅奠定了我幽默感的基礎，也促成了我日後對電視劇《蒙提派森的飛行馬戲團》（*Monty*

Python's Flying Circus）的熱愛。

「瞎掰話」其實並沒有眞正出現在我的童年詞彙中，但我仍然把它列入這份清單，因爲這總結了我父親那種荒謬的幽默感。這個詞本身也眞的很傻氣，相較於「Nonsense」（胡說八道），「Gibberish」更顯得滑稽多了。這個詞可追溯至十七世紀初，原意指的是「快速又含糊不清的話語」或「未知的語言」，但它永遠會讓我想起父親那些瞎掰話，那段家中笑聲不斷、無憂無慮的童年時光。這正是很好的例子：一個詞對我意義非凡，卻無法從字典裡讀出這份意義。也許，你也有這類的詞彙。

停下來想一想

我的「童年關鍵詞」幾乎都與父母有關，而在回顧這些詞時，我發現它們至今依舊帶給我深深的慰藉，想起當時快樂無憂的家、備受關愛與呵護的童年。

你的童年關鍵詞不見得帶來的是慰藉。當你回憶父母對你的影響時，腦海中浮現哪些詞呢？這些詞帶著溫暖，還是喚起些許痛苦？也許你的童年平淡無奇，沒有特別突出的記憶，但仍然會有些詞伴隨特殊的意義，蘊藏著值得探索的故事。

Shy（害羞）

我以前都會說自己是個害羞的小孩。確實，在課堂上我可能有點膽怯，但在操場上卻十分外向。真正讓我難過到在小學備感挫折的，是成績單上老師常常寫下的評語，說我不參與課堂討論，也不舉手回答問題。即使我算是很認真的學生，這些評語還是讓我覺得自己不夠好、自己有問題。害羞成了我的標籤，讓我原本就缺乏的自信心更加低落。

多年以後，我發現自己是屬於內向的Ｉ人，才開始理解自己當時的膽怯和缺乏參與的理由。Ｉ人通常不會在沒有仔細思考之前就開口發言，由於他們需要時間來整理自己的想法與感受，因此不太可能像Ｅ人那樣邊說邊思考。這就是為何Ｉ人往往不願意舉手發言。你聽過那句老話嗎？「棍棒和石頭也許會打斷我的骨頭，但言語永遠無法傷害我。」但對於敏感的Ｉ人來說，這句話根本不成立。

我希望現在的教育體系已有所改變，務必要正視內向小孩的價值，為他們營造一個能安心表達自己的環境。如果他們被貼上「害羞」的標籤，很可能就會因此而深受影響，無法充分發揮潛力。其實，我很少不願意參與活動，也並不害怕與人交流，「害羞」這個形容詞並不貼切。一定要謹慎使用「害羞」來形容一個人，因為這個標籤可能會讓人難以擺脫。

後來，我做了ＭＢＴＩ性格測驗，結果是ＩＮＦＪ，據說是最稀有的性格類型。ＩＮＦＪ擁有高度的社交能力，但長時間的社交會讓他們感到精疲力竭、過度刺激。他們享受獨處，同時又渴望深度的連結。因此，你可以說我安靜、內斂、矜持、獨立，但絕對不要說我「害羞」。

在我寫完這一段後，有個朋友向我推薦了詩人暨哲學家大衛・懷特的《撫慰人心的52個關鍵詞》（*Consolations: The Solace, Nourishment and Underlying Meaning of Everyday Words*）。懷特在這本書中以感性又詩意的筆法探索日常詞彙，其中之一就是「害羞」。他的詮釋讓我對這個詞有了新的理解。他寫道：「害羞是一道微妙又脆弱的界線，一邊是我們認爲可能出現的事物，一邊是我們認爲自己值得擁有的東西。」他重新定義害羞，視爲面對新事物的可貴態度。像這樣迅速重新詮釋一個詞的意思，就可以賦予你力量。

Popular（好人緣）

在「害羞」之後緊接著討論「好人緣」，也許看起來有些突兀，但這正是社交型Ｉ人的矛盾之處。

我清楚記得自己在六歲左右，有一次老師問：「班上人緣最好的人請站起來。」我毫不猶豫地拉開椅子站起來，但其他同學都坐著。首先，這樣的問題真的適合問小孩子嗎？這會傳達什麼樣的訊息？其次，這件事也顯示出，當時的我還沒有太多自我意識。我毫不懷疑自己就是班上最受歡迎的人。事實上，我不受小圈子限制、能與不同群體的朋友來往。在我六歲生日時，邀請了班上所有同學，除了其中一位因故無法出席，其他全都來了。

多年後，我讀到《生日的祕密語言》（*The Secret Language of Birthdays*），書中提到我的生日是「好人緣日」。據說，在這一天出生的人，對於「好人緣」展現了強烈的需求與能力。他們渴望受到所愛之人的欣賞與讚美，這點我無法反駁。然而，這也帶來了負面影響：我經常搞混「好人緣」與「討好」的界線。「**Popular**」這個詞來自拉丁文，原意是「屬於民眾」或「獲得民眾接受」，要到了晚近才演變成「廣受喜愛」或「備受推崇」的意思。這個詞在我後來的人生中回歸，還掀起不小的波瀾……

問問自己

「害羞」與「好人緣」這兩個關鍵詞，讓我重新思考了剛開始摸索自我認同時，那些曾定義過自己的詞彙。這類詞彙有時會變成標籤，長大成人後也難以擺脫，甚至可能影響我們整趟人生旅程。我撕下了害羞的標籤、接納了好人緣的標籤。那你呢？是否也有過類似的狀況？這樣的關鍵詞可能蘊含強大的故事性，能讓讀者或聽眾對你的經歷產生共鳴。我非常崇拜的說故事大師麥可．馬格里斯（Michael Margolis）在《相信我》（*Believe Me*）一書中寫道：「唯有當讀者能在你的故事中發現自己，他們才會真正感受到歸屬感，進而參與你的敘事。」

試著回想從你開始牙牙學語時就一直伴隨著你的詞彙。有些可能是你小時候沒有用過的詞，長大成人後才學會，卻蘊藏某種感受或記憶刻在心底。有些詞也許隨著你的成長，意義或影響也發生了變化，就像我對「好人緣」的體會，在不同人生階段就有不同的理解。

以下的提問會協助你展開這段探索之旅。同樣挑選一、兩個讓你立即有感的題目，好好坐下來，至少寫五分鐘或寫到沒有靈感為止。

- **哪些詞是別人對小時候的你所貼的標籤？**
- **哪些詞至今仍讓你心生恐懼？**
- **哪些詞能喚起溫暖的感受？**
- **哪些詞曾鼓勵過或傷害過小時候的你？**
- **你與這些詞的關係是否隨著歲月改變？**
- **你小時候是否發明過自己的祕密詞彙？**

第三章

青春期的關鍵詞

青春期就是一段臉皮變得極薄的時期，任何話語都可能被當成是嘲諷、汙辱或批評。在這個階段，你會聽到傷人的詞、不懂的詞，甚至是讓你害怕的詞。但同時，你也會開始使用那些能展現自我認同的詞，還有只有你的朋友圈才懂的詞。青春期也是許多人開始寫日記的階段，這些文字只留給自己看，透過書寫來釐清「我是誰」與「我在這個世界的位置」。我只寫過一年日記，那年我十八歲，剛離開學校。不過很可惜，我的日記有一半是用速記法寫成，現在我完全看不懂，就像一本無法解讀的古老手稿！接下來的這些關鍵詞來自我的青少年歲月，記錄了我的敏感與韌性。無論你的成長經驗如何，青春期的關鍵詞也許依舊藏在你的記憶深處。

Messy（邋遢）

整體來說，我算是用功的學生，除了數學以外，其他科目學得都很快（雖然我名列前茅，但數字眞的不是我的強項）。成績單上的評語大多是「良好」到「優秀」，幾乎所有科目都穩定維持在B^+以上。然而，儘管我整個高中生涯成績都還不錯，卻始終記得家政老師給我的評語和分數：「C^+：做事邋遢。」這個回饋多麼有建設性啊！完全沒提到我是否按照步驟完成食譜，也沒說我煮出來的東西到底能不能吃，就只有「邋遢」。

無論是邋遢、凌亂、雜亂、混亂、骯髒，還是污穢，我全都不想扯上關係。我覺得自己跟這些詞沒有任何共鳴。

老實說，這個詞嚴重打擊了我的廚藝自信，至今我都很少從零開始煮飯。「邋遢」這個詞就是影響我一輩子的內在陰影。如果你仔細想想，你可能也有類似的關鍵詞故事。

人類大腦對負面訊息特別敏感，所以相較於鼓勵，我們更容易記住批評。對於一個內向、對批評很敏感、絕對不想被認爲邋遢、凌亂的人來說，這種負面記憶更是揮之不去。即使其他老師給過我無數正面的評語，這個「C^+：做事邋遢」卻成爲最難忘的評語，因爲那是我學生時代拿過最低的分數。現在回想起那位家政老師，我還是覺得憤憤不平。她憑什麼這麼武斷？憑什麼不鼓勵學生？五十年過去了，這段記憶依然能勾起我的怒火。「邋遢」這個詞證明了任意將語言當成武器，那餘波蕩漾的威力。

Crush（暗戀）

這個詞的意思演變了許多次，最早來自法文，原意是「壓碎」或「破壞」，後來才有「羞辱」或「制伏」的意思。一直到二十世紀初，「Have a crush on」才開始用來形容迷戀。這就是出現在我故事裡的「Crush」，相信也是無數青少女的共同經驗。

我第一個暗戀的對象是頑童樂團（The Monkees）的戴維．瓊斯（Davy Jones），他們是第一個爲美國電視節目打造的偶像男團。瓊斯是可愛的英國人，天天出現在電視上。一九六七年，姊姊帶我去倫敦溫布利體育館看他們的演唱會，這是我人生第一次看樂團現場表演，甚至連暖場歌手露露（Lulu）都還沒登台演出，我就已激動到開始過度換氣，被一名好心的救護人員帶到外頭走廊冷靜。等我情緒平穩後，好不容易看到頑童樂團的演出，但現場的尖叫聲大到我根本聽不見音樂，所以台上跟默劇表演沒兩樣，只聽得到此起彼落的高分貝尖叫（包括我自己也是）。

後來，我迷上了前衛搖滾，暗戀威斯朋艾許樂團（Wishbone Ash）的吉他手泰德．透納（Ted Turner），接下來是洛．史都華（Rod Stewart）和臉樂隊（The Faces），再後來終於輪到了第一個暗戀的男生。他認識我姊姊，還在她二十一歲生日派對上擔任DJ。我當時還沒有任何戀愛經驗，他年紀比我大、又長得帥。我一直在DJ台旁邊晃來晃去，明眼人都看得出來我暗戀他。

他後來送我一張大衛．鮑伊（David Bowie）的專輯《頭腦清醒》（*Aladdin Sane*），讓我覺得自己很特別。實際上，他八成只是在可憐我，畢竟他是DJ，手上本來就有許多張相同的專輯。他根本不可能約我出去，但這也阻止不了我沉浸在幻想裡。回頭看看這條單戀之路，眞希望自己從未踏上，畢竟之後我對這個詞的體會更加深刻，因爲我一次次喜歡上遙不可及或不適合的男人，最後只落得心碎一場。

後記：多年後，我在某個奇怪又有點尷尬的場合，見到了兒時偶像戴維．瓊斯，難怪大家都說「千萬不要認識偶像本人」，這句話眞有道理。

Stroke（中風）

《魔戒》是我畢生最愛的書籍和電影，如同書中的「至尊魔戒」，「Stroke」是我生命中影響力強大的「至尊詞彙」。甚至我寫這一段時，一直忍不住找事做來拖延進度，像是泡杯茶、吃塊餅乾、聽個Podcast，反正就是不想好好坐下來，描寫這個詞爲何後座力如此強大。

故事要從一九七三年的愚人節說起。當時距離我的中學畢業考只剩兩、三個月。那天，我正在肯特郡貝肯納姆家中客廳裡寫功課，收音機播放著唐尼．奥斯蒙（Donny Osmond）的〈兩小無猜〉（Puppy Love），弟弟在飯廳看《雷鳥神機隊》

（*Thunderbirds*），母親在廚房準備烤雞午餐，父親則在樓上的廁所。

不知爲何，那天姊姊剛好在上班，算是安靜的星期天早上唯一不尋常之處，直到我聽見父親踉蹌地摔下樓，整個人跌倒在客廳地板上。我看到他拉鏈沒拉，褲子整個敞開著，第一個反應是極度尷尬，心想他怎麼會忘記拉上拉鏈呢？但還沒等羞愧感消退，母親已跟著衝進來，朝著我大喊。

「快打電話叫醫生！」

「什麼？爲什麼？」

「你爸中風了！」

「中風是什麼？」

「別管那麼多，我就是知道他中風了！快打電話叫醫生！」

「可是，我沒打過醫生的電話……」

「去走廊翻電話簿查啊！」

我小時候很不喜歡打電話，但母親的語氣十分急迫，讓我覺得這通電話非打不可。我根本不懂「中風」是什麼，但這時已隱約覺得事態嚴重。那天正好是星期天，診所公休，我只能打緊急號碼，對電話另一頭的先生說父親中風了，他說會派一名「Locum」（代班醫生）過來。我連「Locum」都沒聽過，只能轉告母親「醫生在路上了」。

等待的時間彷彿永無止境。代班醫生終於來了，檢查過後，說我們得叫救護車。接著又是一段漫長的等待。救護車來了，救護人員用造型奇怪的座椅式擔架將父親固定住，然後推著輪椅把他帶到車上。

母親說得沒錯，父親眞的中風了。

恐怕我要花上好幾個月，甚至幾年，才能眞正理解這場中風對父親、對我們家的眞正影響。醫生稱作「急性腦中風」，讓父親的身體半邊癱瘓。這種看得到的身體不便已夠難應付了，但眞正折磨人的，是對他大腦造成看不到的影響。他再也無法像以前那樣當我的爸爸了。從那天起，我的童年頓時變得黯淡無光。

我不想要繼續說這件事。雖然這些年來，我用不同方式說了許多次，但這仍然是左右我人生的一大關鍵，讓我不得不迅速長大，也讓我明白自己不能向家人伸手拿錢，讓我開始把經濟獨立、自給自足視爲人生中最重要的價值。

沒有人教我們該怎麼辦，也沒有人提供任何協助。我們得自行摸索該如何照顧父親，適應這場突如其來的家庭巨變。我始終相信，父親中風帶來的影響，深深重傷了我日後經營長期關係的能力。這件事讓我覺得，任何我愛的人隨時都可能在情感上、心理上被硬生生奪走。對我來說，這個詞沉重得讓人喘不過氣。

「Stroke」這個詞短短幾個字母，蘊含著許多意思。說來諷刺，部分意思既溫柔又撫慰人心，例如可以指「輕撫」或「筆觸」；但在我生命裡，卻是代表了殘酷無情、重大打擊的詞。如果這真的出自「上帝之手」，那麼我與上帝恐怕得好好聊聊。

停下來想一想

「觸發事件」這個說故事的概念有許多定義，但我最喜歡《故事方格》（*Story Grid*）的說法：「觸發事件是一顆引發混亂的球，直接闖入故事中，瞬間讓主角的生活失序。」這句話精準描述了一九七三年四月一日那天發生在我身上的事。從那個關鍵時刻起，一切有了翻天覆地的變化，再也無法回到過去的樣子。你在撰寫書稿或準備主題演說時，觸發事件提供了豐富的生命經驗，值得深入挖掘。你的觸發事件可能不像我的這般突如其來（也可能發生在更早的生命階段，甚至在你出生之前）。但我敢說，你應該不必花太多心力就能找到一個觸發事件。

我想起《悲傷卡司》（*Griefcast*）節目主持人卡莉亞德．洛依德（Cariad Lloyd）在她的書《你並不孤單》（*You Are Not Alone*）中提到，她的人生劃分為「父親在世」和「父親死後」（當年她十五歲）。這完美詮釋了那顆「引發混亂的球」足以顛覆你的人生。當然，有些人可能經歷過不只一次觸發事件，甚至在短時間內接連發生兩次。

你能否從觸發事件開始畫一條線，連到現在的自己？這個事件對你造成什麼衝擊？中風嚴重影響了父親的溝通能力，我可以說，這就是我如此熱衷於清晰溝通與創意表達的一大原因。我在首次撰寫文章並出版後，甚至可能更早之前，就對寫作充滿熱情。而如今，在那場事件過了五十年後，我才在寫作過程中逐漸發覺到這點。這個禮物至今依然持續帶給我靈感。

Sing（唱歌）

寫完那個沉重的詞後，終於來到「唱歌」這個陽光普照的篇章，我不禁鬆了一口氣。在父親中風後多年，唱歌的確成了支撐我走下去的重要力量。我從小就能唱出準確的音調，還記得在兩歲時就曾以一首歡快的〈小小蒸汽火車〉（Noisy Little Puffer Train）逗樂了席拉姨媽和崔佛姨丈。之後，我在小學音樂劇裡獲選擔任主角。我喜歡唱歌帶來的眾人目光，讓害羞（呃，應該說「I人」）的我得以站上舞台，盡情享受成爲鎂光燈的焦點。

因此，在一九七〇年代後期，一群朋友（包括我的第一個正式男友彼得）決定組一支樂團時，我毫不猶豫地加入，擔任和聲歌手。我們的樂團成立得十分隨興，就像許多業餘成團的人一樣，一群人窩在某個人的房間裡玩音樂，就靠幾把吉他、一台便宜的鍵盤（我在伍爾沃斯百貨買的棕色塑膠風琴，那是某年父母送我的聖誕節驚喜禮物），還有邦哥鼓、沙鈴，甚至廚房翻出來能當打擊樂器的任何東西。我們樂團更像是一個湊合成軍的劇團，唯一眞正有音樂天賦的是主要吉他手柯林。節奏吉他手肯尼和約翰彈得也不錯，還能寫出幾首像樣的歌曲，但我們其他人基本上只是負責敲敲打打、發出聲響。

我們後來組成一支叫「網球鞋」（Tennis Shoes）的半職業酒吧搖滾樂團，還算小有名氣。我熱愛唱歌，部分是因爲我能釋放內在壓抑的精力，部分是因爲站在舞台上，我可以變成另一個人（這日後成爲我人生中的重要主題）。那時的我不再是那個「害羞」的女孩，也不再是那個因父親驟世而長期悲傷的女兒。我們甚至發明了一套自己的「瞎掰話」，這對我來說再適合不過了，因爲當時家裡少了許多笑聲，多了許多嚴肅與壓抑。

後記：四十年後，我又加入了一支名爲「潛藏基因」（The Subtle Genes）的樂團，再次擔任和聲，偶爾也當主唱。我好享受重新站上舞台、拿起麥克風，實現自己曾幻想過像龐克歌手黛比・哈利（Debbie Harry）那樣的舞台夢。

Perform（表演）

這個篇章原本可以叫「Performance」或「Performer」，但最後我選擇了「Perform」。正如前文所提，我的表演天賦從小就被發掘了。我不確定自己當時是否真的想表演，但被推上台娛樂大家，我也沒抱怨。真正的表演欲，大概很後來才萌芽，當時我在學校的劇場作品中演出的角色愈來愈吃重，最後甚至主演了一部很小眾的輕歌劇《珍珠漁婦》（*Pearl the Fishermaiden*）。我記得，當時我很確定這個角色非我莫屬：我歌唱得最好、又是人緣最好的女生，最值得站上那個位置。那種篤定與自信，在我的人生中鮮少再出現了。

然而，我真正開始理解「盛裝打扮／演出角色」等於「覺得有魅力」，是參與一次奇妙的「五月皇后」選美活動。大概九歲或十歲時，我加入了這個地方傳統活動，階級從侍女、儀仗到王子，一路晉升，最終加冕爲伊甸園的五月皇后，當時我十二歲，即將邁入青春期。我再度成爲眾人的目光焦點，身穿閃亮銀白色禮服、頭戴王冠，繞著五彩繽紛的五月柱翩翩起舞，卻絲毫不曉得這其實是一場古老的生育儀式。

後來，我開始在北倫敦的酒吧與網球鞋樂團演出時，我的舞台服裝也變得愈來愈大膽。再一次，我吸引了眾人的目光；再一次，我扮演了一個角色；再一次，我穿上了亮眼服裝。這些條件讓我能盡情「展現自己」。對於I人來說，享受人前表演也許有違常理，但允許自己站在鎂光燈下、積極扮演角色，讓一切都顯得合理。我站上舞台那一刻，感覺自己無堅不摧。呃，除了有次演出，理查．布蘭森（Richard Branson，維珍唱片創辦人）和麥克．奧德菲爾德（Mike Oldfield，作品有著名的《管鐘》〔*Tubular Bells*〕）打扮成戴著頭巾、穿著尿布的「大嬰兒」，設法抓住我的腳踝，但那也許該留待另一本書來說。

對我來說，表演是逃避現實的方式，因爲在家裡，父親的中風讓他成爲了家中無可避免的焦點，但那是我不願面對的事。除了日常的家務，我還必須扮演「孝順女兒」的角色，我雖然對此十分擅長，但偶爾仍然會心懷怨懟。

Belch（打嗝）

也許是我太過正經八百，但我真的不喜歡描述生理現象的詞。「Belch」並不是我最討厭的詞，但實在不想選「Fart」（放屁），我有夠痛恨這個詞（我比較喜歡委婉的北英格蘭版本「Trump」，可能源自「Trumpet」〔小號〕）。跟「Fart」一樣，「Belch」源自古英文，最早的意思是「劣質啤酒」。

我初次接觸「Belch」這個詞是因爲一首歌。我當時的男友彼得（網球鞋樂團鍵盤手）精心策畫了一個惡作劇：他故意在歌詞裡加入「Belch」和「Fart」再讓我唱。明明知道這會讓我很不自在，他就是幽默到這種地步，想看看女友會不會崩潰！這首歌的歌名是〈羅夫比理查還怪〉（Rolf Is Stranger Than Richard），靈感來自一個「爆笑」的構想：澳洲曾紅遍半邊天的已故藝人羅夫・哈里斯（Rolf Harris）和英國知名的已故演員理查・哈里斯（Richard Harris）是兄弟，而羅夫是「各方面都最適合我的完美男人」（我當然曉得這有多諷刺，畢竟羅夫晚年還因捲入性侵案被判刑，但他在那個年代還是國寶級人物）。這根本是偷偷在酸他，符合了對澳洲男人的刻板印象：全部都是大老粗，整天只會打嗝和放屁。其中最讓我反感的一句歌詞是：**And I still think of Australia when I hear you belch and f-a-a-a-a-a-a-art.**（每當聽見你的打嗝和放～屁～聲～時，我都會想起澳洲。）「Fart」這個字還拉得特別長，讓我更加痛恨。我不僅當時受不了，現在也依然無法認同這種幼稚的笑話。那些難聽的詞彙都離我遠一點！

後記：這首極度得罪人（本身就夠讓人反感）的歌居然被選爲網球鞋樂團發行的唯一單曲（其實是一張EP）的B面，你現在仍然可以在網球鞋的官方網站上聽到（沒錯，這支樂團居然有官方網站，詳見書末參考資料列表）。更離奇的是，二〇二一年，音樂雜誌《聲音》（*Sounds*）的一篇剪報在推特上流傳，結果竟然讓《利物浦回聲報》（*Liverpool Echo*）的樂評發現，說自己還留著網球鞋的EP，而且最喜歡的歌曲就是〈羅夫比理查還怪〉。這種事，怎麼編都編不出來。

Single（版本一：單曲）

「Single」這個詞與「Sing」既接近又遙遠。我最終還是在網球鞋的單曲中獻了聲。「單曲」（即四十五轉黑膠唱片）曾是我青少年時期的重要一環。我用自己存的錢買的第一張單曲是壞手指樂團（Badfinger）一九七〇年熱門歌曲〈無論如何〉（No Matter What），是由披頭四創立的蘋果唱片公司（Apple Records）所發行，我覺得自己超潮！之後，我逐漸蒐集了數量不多、但風格多元的單曲，其中還包括了英格蘭世界盃足球隊的歌曲〈回家〉（Back Home），B面曲〈肉桂棒〉（Cinnamon Stick）的歌詞十分無厘頭、沒有邏輯可言。B面曲往往是附加的，或是永遠無法收錄在專輯中的作品，因此很珍貴，就像〈肉桂棒〉這首歌。直到「雙A面」出現才改變了這個現象。

我們全家每週日下午都會準時收聽BBC廣播一台的單曲排行榜，一邊吃著點心、三明治，一邊配著罐裝橘子和煉乳。每週冠軍單曲揭曉時，我都格外激動，尤其當我喜愛的歌手奪冠，更是情緒高漲。對我來說，最激動的兩大時刻莫過於一九七一年提・雷克斯（T. Rex）的〈熱愛〉（Hot Love）榮登第一，還有一九七五年10cc樂團的〈我沒有談戀愛〉（I'm Not in Love）拿下冠軍。不過，隨著青少年時期進入尾聲，我開始覺得買單曲很幼稚，尤其在我迷上前衛搖滾那個階段，當時專輯才是王道，而且最好是雙碟或三碟的專輯，才顯得品味成熟。然而，「Single」這個詞在另一層意義上，日後不斷在我的人生中出現。

Secretary（祕書）

我對生涯輔導課的印象就是：死氣沉沉、毫無用處、枯燥乏味。如果你跟我一樣不必填寫大學申請表，生涯輔導老師就懶得管你了。一九七〇年代中期，女生的出路好像只有三條路：老師、護理師、祕書。

父親中風後，我得趕快經濟獨立，所以選擇了祕書課程，希望畢業後能有份穩定的工作。當時，祕書算是高技術門檻又高薪的職業，要會速記、打字，還得有組織能力、規畫能力、人際溝通能力。詞典上，祕書的定義是「負責處理信件、安排會議、執行行政工作的人」，這有點太簡單了。「Secretary」這個詞來自「Secret」（祕密），意思是祕書是保管機密、受信任的助手。

我考到了速記（每分鐘最多可寫一百二十字）和打字（每分鐘六十字）證書，第一份祕書工作，是位於西敏市的環境部。我的第一個老闆是位政府研究員，待人和善且快退休了。他參與設計斑馬線和黃波燈（行人優先指示燈），我覺得這實在太酷了。他有點像是我職場上的父執輩，還讓我第一次嘗到了酪梨（當時屬於超級奢侈的水果）。後來，我換了一個老闆，也是位快退休的政府研究員，但就沒那麼厲害了。他好像沒什麼建樹，所以我也沒事可做。

接著，出現了完全不同的機會：我成爲《聲音》雜誌編輯的祕書。《聲音》是一九七〇年代末期英國三大搖滾音樂週刊之一。我的固定工作之一，就是每週打電話給我們的當紅專欄作家：BBC廣播一台的傳奇DJ約翰．皮爾（John Peel），用盡花言巧語拜託他在截稿期限前生出幾句樂評給我。一開始，光想到要逐字抄下這樣一位反文化偶像所說的話，我就緊張到不行，但後來我們成了電話上的好友，他甚至貼心地在深夜節目裡多次播放網球鞋樂團的單曲，替我們的樂團宣傳。

隨著我愈來愈融入《聲音》，網球鞋樂團也跟著受惠，我們的一場演出得到了樂評。看到樂團和自己的名字出現在全英發行的音樂雜誌上，我真的超興奮。那篇樂評寫道：「最適合網球鞋樂團的形容是『帶有濃厚搖滾風格的搞笑樂團』，但同時他們也是一場演出、一次戲謔的諷刺、一齣荒誕的鬧劇、一種挑戰尺度的衝擊。」文章還特別稱讚了我的歌聲，說讓人想到一九六〇年代歌手小艾娃（Little Eva）。於是我決定開始練唱〈火車舞〉（The Locomotion），看看自己到底像不像她。

這份工作稍微提升了樂團的知名度，但對我個人生涯更是大有助益。我在這段期間寫了人生中第一篇樂評，還成功發表，之後就一路寫下去。和樂團鍵盤手分手後，我跟《聲音》一位年長許多的樂評交往。我也受夠了唱打嗝放屁的歌，乾脆放棄了「半職業」的演出生涯，退出樂團。祕書這個角色適合年少的我和「網球鞋」，但跟雷朋太陽眼鏡、搖滾樂評圈就完全不搭了。

問問自己

在我自己的「人生詞典」裡，「中風」這個關鍵詞之後出現的詞彙，描繪了我如何回應人生中的觸發事件。你又是如何回應人生中的關鍵時刻呢？

你的觸發事件可能發生得比我早，也可能比我晚，但一定也影響了你與日後在人生與工作上的決策。這部分值得你深入挖掘，因為這正是你的個性與人格發展的基石。

我在情感上退縮了，卻依然站上舞台，開始表演。我確實開始表達自我，但同時我又需要一份像樣工作帶來的安全感。這種內心與行動的拉扯，後來一直影響我的人生。

在說故事時，細節決定一切，例如，我不會說「我跟幾個朋友組了一支樂團」，而會這樣描述：「一群人窩在某個人的房間裡玩音樂，就靠幾把吉他、一台便宜的鍵盤（我在伍爾沃斯百貨買的棕色塑膠風琴，那是某年父母送我的聖誕節驚喜禮物），還有邦哥鼓、沙鈴，甚至廚房翻出來能當打擊樂器的任何東西。」那台塑膠風琴我到現在都還記憶猶新，所以我一定要好好寫進故事裡。這就是所謂的「亮點」，這些細節描述能讓故事鮮活起來。

以下提問有助你找出那些影響你慘綠（或彩色）青春的關鍵詞，進而明白過去的觸發事件。騰出時間，找個安靜的地方，挑一、兩個你有共鳴的問題，然後自由書寫五分鐘不中斷。先別急著回頭修改，可以之後再來發展你的故事。

- **青春期時，哪些話語曾讓你心碎？**
- **哪些話語曾鼓勵或肯定你？**
- **哪些話語一直留在記憶裡，但當時你根本不懂其中的意思？**
- **哪些話語直到今天仍能引發你強烈的情緒？**

・如果你寫過日記，哪些字句至今仍讓你印象深刻？
・哪個關鍵詞能直接帶你回到影響人生的觸發事件？

第四章

成年的關鍵詞

隨著年齡增長，你的關鍵詞也會擴展與演變，反映你逐漸成形的身分，至少理論上是如此。有些詞會成爲你自豪佩戴的標籤，有些則像慈善舊衣店的瑕疵品，該回收就回收。有些詞讓你覺得自己受到接納，有些則讓你感到格格不入。但現在的你擁有選擇的主導權，可以決定哪些詞會陪著你，定義你想說的個人故事。

本章中，我挑選的關鍵詞眞的可以說是成年限定，是我當初擔任祕書時完全沒想過會成爲自己一部分的詞彙。當時，我白天是謙遜、低調的祕書，到了晚上則是半職業樂團的合音歌手。進入搖滾音樂圈後，我也註定嘗試小小的反骨，也許「反骨」也該列入關鍵詞。但無論怎麼打扮、戴上什麼面具，我骨子裡還是個「乖女生」。

這部分我稱爲「成年的關鍵詞」，希望能引導你回想這個人生階段有哪些詞曾經或仍然影響著你，這些詞很可能與你的職涯發展有關，也可能與個人成長相關。

Writer（文字工作者）

一九八〇年夏天，我成爲《聲音》雜誌的全職撰稿人，終於能完全擁抱「文字工作者」這個詞。這是我的新身分。我可以理直氣壯地說：「我是文字工作者。」這跟「我是祕書」截然不同，也改變了別人對我的看法，甚至影響了我如何看待自己。小學時，我作文就寫得不錯，但全職撰稿人從來不在我未來職業選項之列，沒有人告訴我這是一條可以選擇的道路。然而，到了二十三歲那年，我從替別人打字、寫備忘錄，居然跨越到用自己的筆寫下自己的觀點，這不只是更具創造力的工作模式，而是完全不同的世界。我本來可以選擇「Journalist」這個詞，但對我來說，「Writer」更貼切，因爲我寫的是故事和文章。

當時，《聲音》編輯艾倫．路易斯（Alan Lewis）這位讓人懷念的已故前輩發掘了我的才華。他是我的老闆，卻願意栽培我成爲作家。在他的鼓勵下，我愈來愈有自信，培養出自己獨特的觀點，這在搖滾樂評圈十分重要。後來雜誌社需要擴充編輯團隊時，他便邀請我擔任全職撰稿人。這是無比難得的機會，我毫不猶豫地馬上答應。看到自己的文字被白紙黑字印出來，帶給我前所未有的成就感，彷彿發掘了嶄新的自己，一個從未被眞正看見或聽見的自己。我可以透過寫作來表達一切，讀者雖然到處都能看到我的文章，我卻可以躲在文字後面，只有偶爾會刊登一張署名照，這樣對我來說剛剛好。

我迎接「文字工作者」這個身分後，世界也隨之打開。我不再受限於倫敦的辦公室，開始走向世界各地，採訪樂團、撰寫樂評與專題報導。回想起來，我還是覺得這太不可思議，自己竟然在不是科班出身、也缺乏經驗的情況下，成為一名文字工作者。但這確實發生了，而且至今我仍然是（也永遠會是）文字工作者。

Nom de plume（筆名）

我們先倒帶一下。我才大肆宣揚自己成為專業文字工作者，也驚訝於自己的文章能刊登出來，但有件事你得知道：刊登的名字，不是我的眞名。

沒錯，那些文章的確是我寫的，但我當時是躲在另一個名字後面。爲什麼？因爲正如前文所提，我一開始是祕書，而在那個年代，社會普遍認爲祕書應該安分守己，好好幫位高權重的男人打字、接電話。

我之所以被迫用假名投稿，是因爲出版商深怕像我這樣區區一名祕書的文章付梓後，其他祕書看到會「不安分守己」，進而也想當文字工作者。我猜想這是他們擔憂的事。另一個原因是，初期我的文章發表時，我仍是雜誌社的正式員工，想要拿到額外的稿費，就必須用另一個名字來開戶。於是，我需要一個適當的「筆名」（「Pen name」這個詞太普通了，還是「Nom de plume」比較有趣）。不過，「Nom de plume」其實並非眞正的法文，而是某位維多利亞時代小說家虛構出來的詞。這個詞本身就是「假的」，這點還蠻好笑的！

其實，我的筆名來自前男友東尼．米契爾（Tony Mitchell），他也是《聲音》的撰稿人。是他建議我用「Betty Page」這個名字。一九七九年，只有地下刊物的死忠粉絲認識貝蒂．佩吉（Betty Page，但她本人是用「Bettie」這個比較少見的拼法）。一九五〇年代，她是反主流文化的指標，堪稱「暗黑版」瑪麗蓮．夢露。白天，她是穿著豹紋泳裝的性感海報女郎，擔任部分俗氣合輯唱片封面的模特兒；但到了晚上，她則拍攝了數千張帶有些許挑逗意味的照片，有的全裸、有的穿著輕薄內衣和高跟鞋，有時捆綁繩索，有時對著躺在地上的女人揮舞馬鞭。她是全球許多男人（尤其是東尼）心目中的女神。選擇用一個在特定圈子內廣爲人知、但一般大眾仍然陌生的名字，未免有些調皮。對少數人來說，這個名字就像是一個暗號，又與我本名契合得恰到好處：名字開頭都是B，姓氏「Page」則代表會出現在印刷品上。這個筆名僞裝得太完美了。

最妙的是，貝蒂・佩吉剛好在我出生那段時間消失於公眾視野，直到一九八〇年代末期才再度回歸，那時我已不再用她的名字了。後來，她成爲主流文化人物，甚至在二〇〇六年還有一部她的個人傳記電影《傳奇惡女》（*The Notorious Bettie Page*）。我對她充滿感激，感謝她「借」給我這個名字。爲了表達敬意，我在牆上掛一幅她的原版照片：她身穿豹紋泳裝，叼著一把刀，懸掛在樹枝上。這幅畫面時時提醒我要勇敢、大膽、無所畏懼！

New Romantic（新浪漫派）

在當《聲音》的撰稿人時，我的第一個重大成就，就是採訪當時倫敦最潮的史班杜芭蕾樂團（Spandau Ballet），還讓「New Romantic」這個詞正式出現在印刷品上，成爲一場年輕人潮流運動的關鍵詞，最後甚至變成流行文化的一部分。

多年來，對於這個詞到底是誰所發明，大家一直爭論不休。我記得有人用這詞來形容「閃電之子」（Blitz Kids，一九七九到一九八〇年間，常出現在倫敦柯芬園夜店 Blitz 的一群穿著華麗、誇張的年輕人）。在那個還沒有網路、社群媒體也無法想像的年代，只有登上報紙或雜誌的文化現象，才算眞正存在。這股風潮正式被記錄下來是在一九八〇年九月，當時我在《聲音》上對史班杜芭蕾樂團的專訪標題是：〈新浪漫派：八〇年代宣言〉。

至於這個標題是我想的，還是編輯艾倫想的，我實在想不起來（他後來說是我的點子）。但這確實是這個詞第一次出現在印刷品上，後來還成爲整個音樂類型的名稱。多年後，史班杜芭蕾樂團的蓋瑞・肯普（Gary Kemp）告訴我，他把那篇跨頁報導裱框，送給他的大兒子芬雷，當作這個起點的歷史見證。他還在自己的自傳裡提到，是我創造了這個詞，這大概算是最正式的認證了吧！他在《我所知道的：從蘇荷到史班杜》（*I Know This Much: From Soho to Spandau*）一書裡寫道：「貝蒂的標題完美總結了新浪漫派風格，即復古又前衛的穿搭，營造出特殊氛圍的服飾、歌詞和音樂，都有了更深刻的意義。最重要的是，這讓人聯想到十九世紀初拜倫、雪萊這些浪漫派詩人，凸顯了對於『自我崇拜』重視，這個影響力強大的思潮，正象徵了一九八〇年代的精神。」

當時的我，只是個剛入行、還在用筆名的菜鳥撰稿人，沒想到，我已經影響英文詞彙了！這樣的成就還不賴吧？但我自己算是新浪漫派嗎？嗯……我試過，但算不上。我比較像個旁觀者，偶爾穿穿潮牌 Top Shop 的荷葉邊襯衫（但說真的，這樣並不潮）。

Spesh（特別版）

「New Romantic」這個詞收錄到英國詞典，並不是我對英文唯一的影響。數年後，我收到一封來自《牛津英語詞典》研究員的電子郵件，說他們編輯查核我一九八二年在《聲音》對 B-52s《美索不達米亞》（*Mesopotamia*）這張專輯的樂評，其中一段文字引起了他的注意：「Since this is more like an extended dub 12-inch dancefloor spesh than your actual elpee, what's truly noo in the groove is precious.」（這更像是加長版的 Dub 風格十二吋舞池特別混音，而非傳統的ＬＰ，律動展現的創新彌足珍貴。）他問我「Spesh」這個詞是怎麼來的，想確認用法，最好能找到當年紙本雜誌當參考（但我早就沒留著了）。

其實，「Spesh」只是我偷懶，把「Special」縮短而已，這個詞其實不需要縮寫，沒想到居然有可能被收進《牛津英語詞典》！編輯對於「Elpee」（ＬＰ）或「Noo」（New）完全沒興趣，卻盯著「Spesh」不放。但老實說，現在應該沒有人會這樣用這個詞了。身爲很在意簡訊用語和表情符號正在侵蝕英文的人，我覺得有點慚愧，因爲我也可能參與了「語言弱智化」，我懺悔。

後來我上網查「Spesh」，發現這個詞其實從維多利亞時代就存在了，而在現代俚語中的意思竟然變成「智障」。但語言本來就一直在演變，沒有人阻止得了。你可以說，當年我隨意使用縮寫來迎合《聲音》讀者（想跟年輕人打成一片），就像現在大家會使用讚或貶眼的表情符號一樣。

Pop（流行樂）

其實我本來也想把「Rock」列入這個階段的關鍵詞，畢竟我剛入行時，還很自豪自己是搖滾樂記者。但最後還是「Pop」出線，爲什麼？因爲我正好是在流行音樂誕生的時代長大。這個詞在我出生前幾年才開始用來形容受年輕人喜愛的大眾流行音樂，後來席捲全球文化。我當年瘋狂迷戀披頭四，也是全球第一個爲電視節目打造的偶像男團頑童樂團的超級粉絲。即便是青少年時期我迷上前衛搖滾，對於流行音樂的熱愛還是沒有消失。我覺得《聲音》之所以會聘用我，應該是因爲他們想找女人來寫流行音樂的文章（公認比較「少女系」又輕飄飄），這樣男人才能專心報導所謂更「嚴肅」的搖滾樂團，例如衝擊樂團（The Clash）和狂熱樂團（The Jam）。

剛好一九八〇年代初出現的音樂，也適合「Pop」這個標籤，因爲許多樂團都靠著日本進口的平價電子合成器，創造出一波新浪潮。我採訪和推廣過的樂團，像史班杜芭蕾、杜蘭杜蘭（Duran Duran）、潮密碼（Depeche Mode）、柔細胞（Soft Cell）、人聲機構（The Human League）等等，沒多久就攻下英美排行榜。

對我來說，流行樂團和搖滾樂團沒有高低之分。如果你的音樂受歡迎，那就代表你做對了，不是嗎？我從來不認爲「流行樂」是一種汙名，也不相信那種「純音樂主義」的精英心態，即認爲音樂只應該做給小眾聽。小時候的我，在學校的人緣很好，長大後成爲報導流行樂的當紅撰稿人。我猜「Pop」也可能會是你的關鍵詞，無論是在社會脈絡或是音樂脈絡皆然。這個詞雖然小，影響卻很深遠。

Gossip（八卦）

「Gossip」這個詞在古英文原本是指教父或教母，後來演變成形容婦女們在產房裡聊天的情境，最後才是指任何人說長道短的行爲。我可以理解這其中的厭女意味，彷彿八卦只是女人的專利。

老實說，我並不希望親友覺得我是個愛八卦的人，但確實有幾年，我就是專門寫八卦的專欄作家，但不是那種狗仔小報的嗜血專欄作家，而是幫流行音樂雜誌《雜訊！》（*Noise!*）和《唱片鏡》（*Record Mirror*）記錄歌手們的軼聞趣事。我的專長是在人群中認臉、記名字，尤其適用於唱片公司派對、夜店，或是演唱會後台的社交場合。

此外，我還是個稱職的「壁花」，必要時能完美隱身，這在名人當眾失態時尤其重要。我從來不惡意抹黑任何人，也不會捏造故事，一切都是輕鬆調侃，但寫專欄給了我一張「通行證」，讓我可以拿流行歌手開玩笑。我很享受消息靈通的感覺，也樂於讓那些明星知道我會寫他們的八卦。我格外擅長察覺人與人之間的微妙氣氛，進而挖出幕後眞相。對我來說，「八卦」這個詞從來不是貶義，而是能讓我接觸到我敬佩的人、讓我大笑的人，還有陪我玩樂的人。

一九八〇年代，有張照片捕捉了我與好姊妹吉兒．史密斯（Gill Smith）在倫敦夜店 Limelight 的畫面。我們穿著華麗的復古洋裝，手上各自拿著一杯（免費的）香檳，神態就像一九三〇年代好萊塢黃金時代的八卦名媛赫達．霍普（Hedda Hopper）和露艾拉．帕森斯（Louella Parsons）。這感覺再合適不過了，畢竟當時我們倆都是八卦專欄作家。

不過，現在的我對「八卦」保持相當的警覺。我很清楚，背後說人閒話、散播謠言並不是健康的行爲。但我也絕對會承認，多虧了那段寫八卦專欄的日子，我那時的生活才有了詼諧與樂趣。就我所知，在當年那個沒有社群媒體、也沒有網路酸民的純眞年代，在我職掌範圍內，沒有人因爲八卦而受傷。

二〇二二年八月，BBC 廣播四台的《女性時光》（*Woman's Hour*）節目探討了「女人與八卦」的話題。英國曼徹斯特都會大學的梅蘭妮．提伯（Melanie Tebbutt）教授在隨附的文章中提到，八卦其實是歷史上女性爭取話語權的一種方式：「這是一個男人無法涉足的領域，他們非常好奇其中的內容和話題……但女性正是透過這種交談，開創了不同的空間。」這種說法賦予八卦這件事更大的力量，也符合我當初寫八卦專欄的精神。

停下來想一想

在我的人生關鍵詞詞典中，這部分就是「情節推進」的階段，套用《故事方格》的說法，屬於「衝突加劇」的過程。主角（我本人）設法恢復被觸發事件打亂的平衡，然而情勢卻變得愈來愈複雜。

我成了專職文字工作者（當初真的萬萬沒想到），而且在流行文化與語言演變中留下了影響。這是我透過文字表達自我的方式，聽起來一切都很棒，是吧？答案是也不是。由於東尼和艾倫兩位前輩對我的信任與提攜，拓展了我以前沒料想過的機會，我筆下的文字有了分量、曝光度大增。然而，暗潮正在醞釀：我用筆名來隱藏真實身分，又必須維持一定的形象，我既興奮又時常感到不知所措，在我的內心深處，還沒有真正面對或消化「父親過世」這件事。

你有過類似的感覺嗎？你遇過哪些加劇的困境？在你的故事中，你都在處理哪些問題？你的人生導師是誰？好好思考這些問題，挖掘你的故事，結果絕對值得。

Stilettos（細高跟鞋）

我常常在想，會不會是因爲在青春期時母親不准我穿貓跟鞋（低跟鞋的一種），我才會在二十多歲時對細高跟鞋著迷？後來，我終於能自己決定穿什麼鞋了，先是迷上厚底鞋，接著在一九七〇年代末期入手了人生第一雙正式的高跟鞋：一雙亮紅色、一九五〇年代風格的漆皮細高跟鞋，鞋跟有十公分高，鞋頭圓潤短小，最初是爲馬康・麥拉林（Malcolm McLaren）和薇薇安・魏斯伍德（Vivienne Westwood）在國王路上的精品店Sex專門設計的款式。這雙鞋與當年性感女神貝蒂・佩吉在形象照中穿的一模一樣，不僅讓我顯得亮眼，也讓我差點扭到腳踝。但我穿上這雙鞋就成了焦點，非常好看。後來，我眞的成爲一名搖滾樂評，也發誓不再穿無聊的平底鞋。

隨著事業蒸蒸日上，我也踏進了「權力之塔」，當時男友東尼曾讚嘆，摩天高跟鞋那高達十五公分的鞋跟，可以讓女人的步伐散發強大氣場、更加自信。超高跟鞋不只是時尚單品，更需要搭配訂製套裝、鉛筆裙、後縫絲襪，塑造一種充滿力量的女性形象。一九八〇年代初期，時尚、音樂與個人風格碰撞出繽紛的火花，我全心擁抱潮流，覺得自己的時代來臨了。無論是二手雞尾酒裙、一九二〇年代的復古流蘇外套，還是短到讓歌手喬治男孩（Boy George）皺眉的迷你裙，高跟鞋都是完美的配件。

後來，我徹底迷戀上「亮紅色的細高跟鞋」，甚至入手了一雙霓虹色的細高跟鞋，鞋跟細長到令人眩暈。我自豪地踩著這雙高跟鞋，搭配一條紅黑相間的緞面百褶超短裙，加上奇特的絲襪：一腿紅色、一腿黑色。眞正的細高跟鞋（鞋跟七．六公分以上）會讓你被迫把重心放在腳掌前端，小腿和身體曲線就顯得更加緊實，簡單來說，就是讓你變得十分性感。對當時擔任搖滾樂評的我來說，這一切都既新鮮又刺激。

我願意忍受高跟鞋的不適，只爲了讓自己感覺更有力量，就足以說明一九八○年代年輕女性的處境。但鞋跟愈高，摔得愈痛。我努力透過外表展現權勢，然而內心其實是一股無力感。

Fetish（戀物癖）

現在回想起來很奇妙，但這個詞居然曾是我日常詞彙的一部分。「Fetish」這個詞最早出現在十七世紀，指的是具魔力而受人崇拜的物品。回顧我的「戀物啓蒙」，我覺得這個說法實在可愛。

一九八一年，我前往紐約曼哈頓，採訪電子流行樂雙人組「柔細胞」。在那趟旅程中，我第一次認識了有「戀鞋癖」的人。他對我的高跟鞋和小巧的四號腳驚爲天人，甚至要求我站在夜店Danceteria廚房瀝水板上，好讓他拍攝我腰部以下的照片。就這樣，我從腳開始了一連串奇妙的冒險，享受自己在男人幻想中的地位。細高跟鞋不只是女性魅力的象徵，更帶我走進另一個世界：女人身穿皮革與乳膠服裝，展現主導地位的世界。

有段時間我成了「腳模」，也迎來了榮耀時刻：我受邀爲戀物雜誌《*Skin Two*》拍攝封面，穿著黑色絲襪與十五公分黑漆皮高跟鞋，優雅地（帶著極致痛楚）擺出姿勢。這張照片日後影響了無數的模仿，滿足了接下來好幾代戀腳癖的幻想。然而，儘管這張照片看起來氣場強大，其實只捕捉了我的鞋子、少部分的腳踝與小腿，這種物化與眞正的「我」並無關聯。我只是在扮演「鞭打女王」的角色，看上去也許眞的像一位「女王」，但內心仍是個玩著扮裝遊戲的小女生。

我因爲「戀物癖」接觸到了一個地下運動。儘管我從未眞正融入「新浪漫派」的圈子，但在一九八〇年代初期，倫敦剛萌芽的夜店戀物文化中，我卻成了核心人物。一九八三年，倫敦夜店Skin Two正式開幕，我的會員卡是〇〇一號。我是一九八〇年代戀物文化女王，還是應該說是貝蒂？回顧那段日子，加上理解這個詞的來源，我可以明白「戀物癖」與巫術的關係：高跟鞋、假髮、乳膠服裝等等全都是魔法，我則是主動施咒的女巫。

Dominatrix（女王，BDSM文化中的支配女性）

我原本不太想寫這個詞，但有些朋友認爲它很重要。雖然我在現實生活中不是眞正的「女王」，但有時我確實會散發出某種「強勢女人」的氣場。正如上一個關鍵詞提到的，我喜歡打扮成女王的模樣，但對於眞正要成爲這樣的角色，我並沒有太大的興趣。好吧，也不完全如此。一九八一年我跟著柔細胞樂團去紐約時，曾遇見著名女王「嚴厲天使」（Angel Stern）的學徒，她差點成功說服我也加入成爲學徒。我承認當時有點動搖，但最終還是婉拒了這個邀請。

表面上的自信與掌控力，對我來說是完美的僞裝方式，讓我不必面對內心的脆弱。這種裝扮讓我看起來可怕、難以親近，保護我敏感的內心。畢竟，誰會輕易招惹一個經常手持馬鞭的女人呢？我是在做角色扮演，一開始也樂在其中。這其實更像是一種「變裝秀」，以戲服與濃妝展現平時不會顯露的人格面向。

久而久之，這種角色扮演開始成了累贅。一九九〇年代初期某個陰天，我把一整箱珍藏的高跟鞋與乳膠服裝打包，擺到垃圾箱旁。這樣的告別讓我心痛，畢竟這些服裝塑造了我的形象那麼久，但當時我亟需找回眞正的自己。這個舉動的象徵意義在於，跟垃圾一起丟掉才能重新開始，我一件都沒有賣掉，因爲我無法忍受看到別人穿我的戲服。

現在的我，不再需要靠裝扮來彰顯個性了。我寧願相信，自己就是天生具有女王風範的人，既不需要細高跟鞋，也不需要馬鞭。一位同事用「女王」來形容我時，我眞的很驚訝，因爲她根本不知道我那段歷史。但看來，即使卸下外在僞裝，「女王」這個詞早已深入我的骨髓。我依然懂得適時「揮鞭」，只是現在不再是爲了討好任何人。

停下來想一想

你可能會詫異於這一連串事件會如此發展。也許你會覺得，我有點太過於「堅持自我表達」了，但這一切都與最初的「觸發事件」緊密相關：我透過誇張的外在，來掩飾內心的脆弱。

「衝突加劇」階段的挑戰或衝突，可能是你對「觸發事件」的回應所帶來的後果，也許是成功後的挫敗，也許是挫敗後的成功。無論如何，這些經歷一定考驗過你的內在資源。不過，你可能不必孤軍奮戰，因為現實生活中常常會神奇地出現貴人，他們會在恰到好處的時機短暫出現，帶給你鼓勵與支持。

你在這個階段找到的關鍵詞，可能會引導你想起克服逆境或考驗信念的故事。哪些關鍵詞點燃了你的生命之火？哪些關鍵詞又帶給你寶貴的教訓？

Single（版本二：單身）

身爲樂評，我第一次寫下「正面評價」的單曲評論，是一九八〇年蘇西與魅影樂團（Siouxsie and the Banshees）的〈快樂之家〉（Happy House）和瘋狂樂團（Madness）的〈垮褲〉（Baggy Trousers）。可以在音樂雜誌裡撰寫單曲評論，這在當時是很威風的事，這代表你決定品味、引領風潮，足以影響趨勢。單曲可以說是所有流行音樂雜誌的生存之道，只要進了排行榜，就會獲得報導。

我雖然愛單曲，但我不想單身。我好討厭單身。

經歷了一場情緒衝撞的自我探索與越界嘗試後，我成年後第一段愛情長跑結束了，讓我感覺彷彿光著身子、被丟在高速公路上。儘管我當時一身乳膠服裝，在這個充滿尋求速食關係的男人的產業裡，一定被認爲「賣弄性感」，但我還是覺得赤裸、十分沒有安全感。我明白自己先前受到戀愛關係的保護，但分手後只能獨自面對一切。

幸好，當時我有一位好姊妹吉兒·史密斯，她跟我一樣常常覺得迷惘。我們因爲工作才認識，她在一家唱片公司擔任公關，我則是去採訪她負責的樂團。在我分手後，她收留了我，於是我們倆展開了單身姊妹的冒險，幫自己取了「橡膠女神」這個響亮的外號。晚上，我們會穿著乳膠服裝和細高跟鞋，打造屬於自己的「堡壘」，沒有人可以攻破。

我們最愛的一首單曲，是生死存亡樂團（Dead or Alive）的〈你讓我暈頭轉向〉（You Spin Me Round Like A Record）。這首歌成了我們出門前的暖場音樂，每次播放都讓我們立刻有感。我眞的很喜歡跟吉兒出去玩，永遠不會無聊。當然，我們也陷入了數段有欠考慮的感情關係中，遇到不對的男人。但至少，對的姊妹始終陪伴著我，直到有一天我遇見對的男人。

Astrology（占星）

我對占星的著迷始於一九七九年，當時有位朋友送我一本關於我的太陽星座水瓶座的小書。我很快就發現，雜誌和報紙上的星座運勢只是隔靴搔癢，於是開始狂讀各種占星書籍，學習占星學的象徵語言，甚至費心手繪自己的命盤，一筆一畫計算各個星體的位置。相較於預測未來，我更好奇占星如何幫助我了解自己的性格，還有推動我特定行爲的內在動機。到底是先天決定一切，還是後天環境影響更大？

我仍清楚記得，當發現自己的命盤上有個罕見又充滿挑戰的大十字時，大受震撼。這種星象由四顆行星相互形成九十度的刑相位，兩兩對沖。我當下心想：「原來這就是我痛苦的根源啊！」因爲我總覺得自己內心充滿矛盾，不斷與自己對立。

我曾陷入一種星象受害者心態，覺得自己被這個大十字壓得喘不過氣。我把命盤的內在衝突當作我過著雙重人生的原因：既是貝佛莉，也是貝蒂，被兩種極端性格往相反的方向拉扯。說來不可思議，我的命盤精準說明這兩種極端：一方面我敏感、內斂、富有靈性；另一方面，我又大膽挑戰禁忌、渴望獲得目光。每當女王的那一面強勢現身，內斂討好的那一面便會感到痛苦；每當敏感內向的那一面主導，女王則會加以排斥，或設法施加傷害。

後來，我對這個相位有了更細緻的理解。大十字存在於內心世界，往往代表固執又抗拒改變。好處是，它同時帶來了穩定與堅強的意志力，我確實很會「硬撐」。另外，大十字對於自我價值的影響極大，有時讓人深陷自我懷疑，有時則產生自己與眾不同的獨特感。我兩者都曾有所體悟，但還是自我懷疑居多，即使外界認可我的成就，我仍難以相信自己眞的夠好。

不過，我必須補充說明，整體命盤的運作並不僅限於某個特定相位，這張命盤成爲引領我人生的強大藍圖，在我低潮時提供了慰藉，也協助我理解超出個人掌控的事件。我甚至還曾在牛津大學暑修課程學習占星，家裡的書架上也擺滿了相關書籍。對我來說，認識行星的運行有助我規畫未來的方向。無論是否符合邏輯或科學，占星學就像是我靈魂的語言。

「Astrology」一詞的原意是「針對星辰的研究」，但其實占星學主要研究的是太陽系內的行星。我更喜歡把占星視爲仰望天空、尋找人生的意義，上列天象，下應人間。時至今日，每當我在夜晚仰望星空，依然會讚嘆著太陽系和宇宙的浩瀚。我直覺認爲自己與這些行星有所連結，無論這是否符合邏輯，我永遠都會抱持著這份信念。

Therapy（治療）

我在取好筆名、成功「切割」自己的性格後，心理諮商便成了必然的結果。隨著貝蒂·佩吉的形象愈來愈鮮明，我在流行音樂雜誌和倫敦的戀物癖夜店中成了焦點，然而，眞正的貝佛莉卻愈來愈迷失。我開始相信，自己只有變身爲貝蒂時才迷人有趣，剝去這些僞裝後，眞實的我根本不値得被愛。那個躲在假髮和緊身衣下的小女孩，內心仍舊哀悼著失去父親的痛苦。我與男友東尼分手後，我的情緒徹底失控，一切變得更加糟糕。

我還記得一九八〇年代中期某一天，我坐在柯芬園的一個庭院裡，情緒瀕臨崩潰，即將進行人生中的第一次心理諮商。接下來的二十年內，我陸續找過各種心理師和輔導專家，希望找到內在情緒與心理問題的癥結、理解自己的矛盾個性，以及我為何始終無法獲得情感上的滿足。

我絕對不會貶低談話療法的價值，但最終我決定不再進諮商室找答案。我發覺，心理諮商讓我更了解問題的根源，卻無助於改變我的行為。母親以前老是說心理諮商是在自我沉溺，但這個過程確實讓我更深刻地理解自己。我從來不覺得承認自己正在接受治療是一件丟臉的事，因此「Therapy」這個詞我完全願意正面看待。「Therapy」一詞可追溯至古希臘，原意是「療癒」（Therapeía），這才是我最能產生共鳴的概念。

現在，社會對於心理健康的語言細致許多了，相關資源也較以往更容易獲得（當然，前提是要負擔得起）。我以前耗費大量時間和金錢設法「修復」自己，卻沒意識到我真正需要的是愛自己、接納自己的不完美，好好處理那些被壓抑的情緒。

Editor（編輯）

從「文字工作者」這個專業開始往上爬，最終我抵達了名爲「編輯」的地位。現在看來，我發現自己喜歡「編輯」這個頭銜，卻不一定享受實際的編輯工作。一九八七年，我成爲流行音樂雜誌《唱片鏡》的編輯，但儘管我在形象上樂於扮演女王，卻沒那麼享受大權在握的角色，只是常常開玩笑地自稱「編輯女王」。我喜歡與團隊一起工作的感覺，可是一旦成爲「老闆」，團隊成員的態度就變了。團隊裡所有對權威有未解心結的人，好像都把這些情緒投射到我身上。雖然說出「我是編輯」感覺很風光，但這個角色讓我備感孤立。

我並不擅長把權力下放、也不懂得求助，結果可想而知，許多方面來說都是一場災難。不出數個月，我的副手就因爲我交辦的事太少而辭職（吉姆眞是抱歉啊）。我設法讓整本雜誌以委員共識決來經營，但發現行不通，於是走向另一個極端，開始獨斷決策。

結果工作不到兩年，即便我開始接受心理諮商，仍舊無法避免職業倦怠。我辭去編輯職務，覺得自己徹頭徹尾地失敗了。然而，看到同事們在離職卡片上的留言時，我既驚訝又感動。他們對我的認可與尊重，遠遠超過我對自己的評價。

此後，我做過責任編輯、製作編輯、內容編輯，以及企畫編輯，每個角色都很重要，但都不再是最高決策者。坦白說，擔任編輯的經驗讓我對自己的領導力失去信心，而這份自我懷疑花了許多年才克服。我還不知不覺養成了「自我審查」的習慣，只向外界展示我想呈現的部分，而不是完整的自己。我的意思不是現在這些文字就代表完整的自己，因爲寫作仍然是一種挑選的過程。然而，我已比過去坦白許多。你開始編寫自己的人生關鍵詞詞典時，可能也會發現類似的情況。

如今，我重新擁抱了這個詞。我仍然以編輯自稱，以自己對細節的敏銳度，還有對精準與清楚行文的講究爲榮。「Editor」一詞源自拉丁文，意思是「發表或推動某事的人」，我確實也做了不少發表和推動的工作。

問問自己

本章告一段落後，我檢視自己的人生，發現自己對觸發事件的回應讓我付出了代價，種種加劇的衝突與壓力，逐漸傷害了真實的自我。儘管在事業上我看似有所成就，卻不覺得自己成功，因為相較於金錢與地位，我更渴望情感上的滿足，而這恰恰是我最缺乏的。我的職業倦怠是人生首次的危機轉捩點。按照《故事方格》的敘事理論，「危機迫使主角改變，展露真實本性」。對我來說，這場危機讓我重新檢視自己日常的重心。我擔心如果持續累積壓力，最終會像父親一樣中風。

你是否也曾在生活中面臨類似的困境？是否感受過個人與專業身分之間的拉扯？如果你能透過「關鍵詞」梳理這些故事，就會發現其中蘊含著巨大的智慧與洞見，這不僅有助大幅提升你的思維領導力，也能豐富你說故事的方式。

你的「成年的關鍵詞」透露了什麼故事？以下提問有助於釐清思緒。就像之前的練習一樣，記得特地騰出時間和空間，不要受到任何打擾。任意挑選你想回答的問題，拿起筆、筆記本，開始專注地書寫，直到沒東西可以分享為止。不必擔心內容是否完整連貫，因為你的潛意識可能會悄悄帶來意想不到的寶藏。

- **哪些詞最能代表你的成年時期？**
- **哪些詞你想要告別？**
- **哪些詞讓你以自己為榮？**
- **哪些詞與你人生中的「衝突加劇」密切相關？**
- **哪個詞代表了你的危機轉捩點？**
- **誰是你的恩師或貴人？**
- **哪些詞啓發過你？**
- **哪些詞扯你後腿？**

第五章

中年的關鍵詞

以我的經驗來說，中年最有趣的地方在於，你往往不願承認自己踏入這個階段，直到某天回過神來，才發現自己早已脫離中年了。乾脆把「中年」想成是從四十歲出頭開始，一路延續到七十多歲，這樣也許比較容易接受？但誰說得準呢？我母親到九十多歲時還會說「那些老人」。無論實際年齡為何，每個人對於中年的認知不同，也會有屬於自己的中年關鍵詞。

寫完本章後，我發現有些詞比較容易接受，有些詞卻勾起複雜幽微的故事，我在這裡只能點到為止。有些詞像是黑洞般讓人想逃避，但我知道必須回頭直視，才能真正理解。寫著寫著，我愈來愈有種沉重的感覺，彷彿深陷在溼溼的混凝土裡舉步維艱。我懷疑自己是否真的想寫下這些關鍵詞，但最後堅持了下來。

也許你的經驗不會像我這麼沉重，但人生到了這個篇章，或多或少都會出現讓人難以忽視的重量級關鍵詞。如果你還沒進入中年，你希望屆時自己的中年關鍵詞會是哪些呢？

Observer（觀察者）

這個詞對我來說代表了一個重要的轉捩點。我當初進入新聞業時，就像牆上的蒼蠅一樣，默默觀察著周遭的一切。我擅長捕捉別人沒注意到的細節：人際關係、隨口說出的話、肢體語言、場面氛氣，這些都讓我的寫作更加生動。因此，在《新音樂快報》（*New Musical Express*）度過三年的輝煌時光後，我歷經工作倦怠、努力爬了回來，後來進入《觀察家報》（*The Observer*）工作，好像也是很自然的事。可以爲一份高水準週日報寫稿，對我來說是意想不到的大躍進，也成了我寫作生涯的顚峰。後來，我成爲該報的雜誌副主編，並雄心勃勃地渴望晉升爲主編。雖然最終沒有達成目標，我仍然珍惜自己在這份備受尊崇的大報度過的時光，學到了有關韌性和適應能力的寶貴經驗。

在《觀察家報》工作讓我重拾自信，開啓了多年充實的報業生涯。我不再需要用筆名來隱藏自己，而是坦然地以「貝佛莉」這個眞實的自己出現在世人面前。

「Observer」這個詞來自古法文，除了有「觀察、察覺、注意」的意思外，還帶有「留意好壞預兆」的涵義。我確實擅長看見徵兆，捕捉別人沒發現的蛛絲馬跡，然後加以分析評論。我天生就是個觀察者，始終認爲這個世界需要更多冷靜思考的觀察者，少些盲目不經思考的參與者。

Prelapsarian（墮落前的純眞）

「Prelapsarian」是我永遠不會使用的一個詞。你知道這個詞是什麼意思嗎？老實說，我第一次看到時，完全摸不著頭緒。當時，我在《觀察家報》擔任編輯，收到小說家威爾．塞爾夫（Will Self）寫的一篇文章。塞爾夫先生向來喜歡用艱澀詞彙來展現自己的學識，但他這樣的做法讓我很不高興。新聞的本質是有效溝通，應該使用對讀者來說清晰易懂的語言。如果讀者必須查詞典才能理解文章，那就表示這篇文章失敗了。我當時想把這個詞刪掉或換掉，但因爲塞爾夫是知名作家，最後還是尊重他的想法。

因爲他的關係，這個詞深深烙印在我腦海裡。但問題是，每次看到它，我還是得去查詞典，至今也沒有在口語或書面中使用過。對我來說，這個詞代表了語言的階級分野：懂的人就懂，像我一樣不懂的人就被排除在外。因爲我沒上過大學、沒學過經典文學，所以心裡有點不平衡，但我不會爲了讓自己看起來聰明，而刻意使用生僻詞彙。我認爲，語言應該是用來表情達意、娛樂讀者、激發想像，如果讀者要查詞典才能看懂我的文章，代表我辜負了他們。我的信念是化繁爲簡，而不是化簡爲繁。我認同史蒂芬．金的看法，他在一九八六年曾說：「任何需要查同義詞典才能找到的詞，都不會是正確的詞，沒有例外。」

如果你眞的想知道，「Prelapsarian」這個詞意思是「墮落前的純眞」，通常用來形容亞當與夏娃在伊甸園墮落之前的天眞美好。現在你知道它的意思了，可以試試看在日常對話中使用。我寫作喜歡按照波蓓特．巴斯特在《建構故事》中的建議：「避免多音節、艱澀、裝腔作勢的詞彙，減少過度理性化、哲學化、拐彎抹角的表達。看看這句話違反了這個原則多少次？讀起來是不是很無聊呢？」

Invisible（隱形）

俗話說，物極必反。我多年來在服裝與造型上大膽突破，後來卻成爲了「隱形人」。我把所有的乳膠服裝和高跟鞋都丟掉，開始穿著低調、毫不起眼的衣服，盡量讓自己融入背景。現今，我也從備受矚目的流行樂記者與編輯，變成在報社辦公室工作的員工。我不再使用貝蒂這個筆名，即使偶爾有文章發表，也只使用本名，因此鮮少人知道我的過去。

報社的內容編輯屬於高度專業的工作，不但需要眼光敏銳，還要能寫出搶眼的標題。多年來，我認識了許多優秀的內容編輯，他們就像是「隱形的修補師」，巧妙地修改文章、調整結構，讓任何人（甚至是原作者）都無法察覺其中的更動。然而，不同於記者或文字工作者，內容編輯的名字鮮少出現在報紙上。

所以，在經歷《觀察家報》職涯顛峰之後，我有許多年都擔任隱形的文字修補小工，默默地在幕後耕耘。我樂於待在陰影中，也受惠於這件「隱形斗篷」，我可以更專注於觀察環境、記錄世界，久久才會有人注意到我的存在。

「Invisible」這個詞同樣來自法文，原意是「無法被看見」，到了十七世紀初期才衍生出「隱身視野之外」的意思。當時的我確實不想被人看見，只想要躲起來。後來又過了許多年，我才願意在大眾面前現身。

Camaraderie（革命情感）

在報社工作的最大樂趣之一，就是並肩作戰的革命情感。每天面臨的截稿壓力，讓整個編輯團隊培養出「拚命工作、拚命玩」的文化。我過去在許多雜誌和音樂刊物工作時，像是《聲音》、《唱片鏡》、《新音樂快報》，都很享受和同事之間的玩笑與互動，但報業的文化卻截然不同。這也許和倫敦報業充滿傳奇色彩的新聞從業者有關，這裡流傳著各種故事，每次有人說起還會加油添醋地再演繹一番。這些故事多半都與有頭有臉的大人物、酗酒和打架有關。當年那些報紙居然還能順利出版，簡直是不可思議。畢竟記者們白天酒量驚人，午餐時間出去豪飲，回來照樣能寫出驚豔的頭條，這種事是家常便飯。

在二〇〇〇年初期，我在《週日快報》（*Sunday Express*）工作時，《每日快報》（*Daily Express*）的編輯幾乎每天中午就會在附近的酒吧報到，見到認識的人就請對方喝酒，還不准人拒絕。我常常加以婉拒，卻依然會在吧台上看到一瓶夏多內白酒等著我，要是我不喝，他還會不高興。而能在喝茫後還把工作完成，簡直像是獲得一枚榮譽勳章。有時，我還會看到男同事下午就直接在辦公桌前睡死。

我們在新聞審稿室裡的革命情感更是傳奇級別。這裡聚集了一群性格鮮明的角色，大部分的人都有取自P．G．沃德豪斯（P. G. Wodehouse）作品的綽號，還會搭配上專屬口頭禪。即使這些名字和口頭禪我都聽過上百次了，每當這些人進出辦公室時，我還是會忍不住笑出聲來，這完全展現了圈內笑話的持久魅力。有幸參與其中，讓我有種歸屬感，也讓我想起了童年時父親說瞎掰話的日子。各位幹得好啊！感謝你們讓我成爲團隊一分子，讓隱形的文字修補小工這份職務好玩了起來。

「Camaraderie」這個詞就像陽光一樣，說出口時讓人心情愉快。這個詞源自法文，意思是珍貴的情誼和超讚的同伴，這正是我在報業所珍惜的寶藏。

Spritzer（氣泡酒）

我和酒精的關係始於青少年時期，那時我會等年紀較長的男性友人幫我買半杯蘋果酒或氣泡啤酒，然後偷偷帶到露天啤酒吧喝。等到了法定飲酒年齡，我開始喝大麥酒這種黏稠深色、濃度偏高的便宜啤酒，那通常不會是少女的選擇，我點它純粹是為了嚇嚇調酒師和酒館老闆。不過，這種酒實在不算精緻，所以後來我改喝白酒（有人請客的話就喝香檳）。最後，我口中的「老樣子」變成了氣泡酒。這是能讓我騙騙自己、覺得不會在工作後攝取太多酒精的選擇，但有時也只是在一大杯白酒裡，加幾滴蘇打水稀釋罷了。

「Spritzer」這個詞聽起來輕快，讓人聯想到閃亮的清爽感。如果只喝一、兩杯，確實是如此。但三、四杯下肚之後，情況就完全不同了。這也總結了我與酒精的關係：起初讓我無比興奮，接著就像洩了氣的皮球，最後變得完全沒勁，沒有「氣泡」的活力。

氣泡酒陪伴我闖蕩人生，也幫我遺忘了不少荒唐事（謝天謝地）。
氣泡酒讓我克服社交障礙，短暫成爲E人。
氣泡酒讓我敢主動攀談，說出平常清醒時絕對不會說的話。
氣泡酒讓I人如我，成爲派對上的靈魂人物。
氣泡酒賜予我勇氣，有時是好事，有時則不然。
氣泡酒啊，和你在一起時眞的開心，但你我都知道，這段關係終究要結束。我們知道彼此並不適合，至少你並不適合我。氣泡酒啊，這不是你的錯，是我的問題……

相較於其他源自古法文的詞，「Spritzer」源自德語／意第緒語，意思是「噴灑」，正好呼應了父系的猶太血統。我最後一次喝氣泡酒是在我摯友的葬禮上。不久之後，我和氣泡酒（還有各種酒精）徹底分道揚鑣。不過，我一直很愛這個詞，喜歡享受它的感覺，既有氣泡、也有迷糊的效果。

Toyboy（小狼狗）

話先說在前頭：我痛恨「Toyboy」這個詞，卻又必須收錄在我的人生關鍵詞詞典裡，因爲它占了我中年故事的主要篇幅。這個詞我早就聽過，卻一直不屑一顧，覺得對男性和女性都很不尊重。然而，二〇〇七年我接觸社群媒體後，一切都改變了。

你還記得 Myspace 嗎？那是我第一次玩社群媒體，最初的目的只是想重新跟一九八〇年代認識的音樂人搭上線。結果我剛註冊沒多久，就發現居然有一堆年輕男人專門搭訕年長女人。

當時我單身好一段時間了，沒想到 Myspace 居然可以當交友平台。收到這些訊息後，我一開始覺得好笑，大部分都直接忽略，但其中有名年輕人眞的鍥而不捨。他是義大利人，名叫路卡（Luca），三十歲出頭，當時我剛滿五十歲。他不斷傳訊息來，直到我答應和他通電話。儘管他說話大膽又有性暗示，但個性眞的很好笑。他還跟我說，像他這樣的年輕男人非常多，都在找年長女人。這讓我大受震撼。畢竟，我一直在爲年過五十歲而苦惱，開始覺得自己缺乏吸引力，況且我已經沒有緊身衣了。我問他：「爲什麼會找我？」他說是因爲我個人資料照的眼神。我本來沒覺得那張照片特別，但在他眼裡卻完全不一樣。

「Luca」這個名字的意思是「帶來光亮的人」，他確實爲我帶來了光。他在回義大利前，我們談了短短的戀愛，這讓我重新找回了自信，開始更積極探索與年輕男人的關係，還興高采烈地直接註冊了一個名爲「小狼狗倉庫」（Toyboy Warehouse）的交友網站。說我「超搶手」，眞的一點都不誇張。我完全不敢相信會有這種待遇，簡直像被丟進糖果店的小孩！多年來，我一直以爲自己要穿上皮革或乳膠服裝才能顯得性感，沒想到如今的我，比年輕的我還有更多人要。

大約半年的時間裡，我和十來個年輕男人約會（最年輕的才二十四歲），多半都玩得很開心（備註：氣泡酒幫了不少忙）。他們都很高興能和沒有太多心理包袱的熟女約會，畢竟我不會像其他同齡女人那樣催促他們結婚定下來。有時，我彷彿成爲電影《畢業生》（*The Graduate*）中的羅賓森太太，他們則像是班傑明。但最後，我對這種一成不變的約會模式也開始厭倦了。我跟兩、三個年輕人約會了不只一次，但他們並沒有把我當作值得交往的對象。真的要說起來，其實是他們在玩弄我的感情。

正當我準備結束這類關係時，我在另一個交友網站上收到了一則訊息（沒錯，我也有註冊「正常」的交友網站）。這次，對方明顯花了時間認真閱讀我的個人簡介，而不只是看照片（在我看來實屬難得）。安迪比我年輕得多，將近小我二十二歲，但個性幽默、細心，又是真的好奇我這個「人」本身。我當時第一個念頭是：「說不定我們可以當朋友。」我們先透過電子郵件聊了一陣子，然後才約出來見面。我第一次見到他本人，是二〇〇七年十二月十九日，晚上七點〇二分。我們約在倫敦滑鐵盧車站的瑪莎百貨門口。他的火車原定七點整抵達，而他見到我的第一句話是：「抱歉，我遲到了。」

「傻瓜耶，」我說，「你才遲到兩分鐘。」但我心裡想的是：「年輕人，你大概遲到了二十五年。」

我知道這聽起來像是浪漫喜劇裡老掉牙的橋段，但當下我真的覺得好像認識他一輩子了，那種熟悉感來得如此自然，這次的感覺完全不一樣，也的確不一樣。

我們第二次約會之後，彼此都知道註定要在一起。沒錯，我們年齡差距很大，但我們完全不覺得這是個問題。我記得有個同事問我和小狼狗的近況，當下我愣了一下，完全不知道他在說誰。因爲在我心裡，安迪從來不是什麼「小狼狗」，他是跟我平起平坐的伴侶。

所以，我的確討厭「Toyboy」這個詞，但我也無法否認它有多重要。只不過，這個詞居然會以我完全意想不到的方式回來糾纏著我……

後記：路卡看到的個人資料照，其實出自《週日快報》邀請我拍攝的一組照片。當時流行找中年女性拍攝藝術感的半裸寫眞（八成是受到風格大膽的婦女協會月曆啓發）。攝影師站在梯子上，從高處拍攝我仰望鏡頭的角度。我穿了一件皮衣，裡面什麼都沒穿，但皮衣剛好遮住了重點部位。沒想到我把這張照片放到交友網站上，竟然發揮了某種魔力，即使沒有女王裝扮，依然吸引目光。

停下來想一想

本章雖然回顧我如何爬到職涯的巔峰，卻也突顯了我內在與外在之間的拉扯。表面上，我看起來玩得很開心，但內心仍然躲躲藏藏。然而，「Toyboy」這個詞代表了我生命故事的轉捩點，把我推向了從未真正探索過的領域，讓我做出真正的突破，逐步找回因為早年的觸發事件而被打亂的內在平衡。我終於遇見了一個無條件愛我的男人，而這才是我一直以來真正的渴望。

在經歷一連串的衝突加劇、困難與挑戰後，你人生中的轉捩點又是什麼？哪些關鍵詞象徵著那個轉捩點？你曾被推向什麼未知的領域？是心甘情願還是被迫的？這背後又有什麼故事？你從中學到了什麼？

Terminal（末期）

我這輩子大概有兩、三個女性朋友可以稱爲摯友，但吉兒・史密斯絕對是其中「摯友中的摯友」。我們在一九八三年認識，當時我在《唱片鏡》擔任編輯，她則是在一家唱片公司當公關。我們一拍即合，後來電子流行雙人樂團「牛奶凍」（Blancmange）巡演期間，才眞正熟了起來。一年後，我和當時的男友東尼分手，我原本和他合租一間公寓，分手後吉兒便收留了我。我們同住了一年左右，形影不離。後來，她也成爲一名音樂記者，我們的青春歲月，就在工作與玩樂之中度過。然而，一切開始變調，是因爲我交了她極度不喜歡的攝影師男友。這成爲我們友誼的第一道裂痕，直到我和對方分手後，我們才又慢慢恢復往日情誼。

可惜多年後，我們又漸行漸遠，這次我眞的看不出有重修舊好的可能。我原本已接受了這段友誼的終結。某天，我接到一位共同朋友的來電。我隱約感覺這不會是好消息。果然，她告訴我吉兒確診非何杰金氏淋巴瘤，已化療一段時間了。更讓我難過的是，她的朋友們好不容易才說服她讓其中一人通知我，因爲她不想自己跟我說。我馬上寫了一封信給她，問能不能去看看她。她回覆得很快，但卻讓我心碎，她說不想見我，因爲我讓她失望太多次了。我根本不懂她的意思。那天晚上，我在安迪懷裡痛哭失聲。我不得不再一次接受這個現實：這輩子可能再也見不到她了。

過了幾個月，我又接到另一位共同朋友的來電，這次她說吉兒癌症到末期了。

Terminal，這個詞就像一塊沉重又無法撼動的石頭。

Terminal，也是鐵路的終點站。

Terminal，這個詞原本是拉丁文，最早用來指界線與終點，直到十九世紀末，才演變出「不治之症」的涵義。

但正因爲是「末期」了，吉兒改變了心意，讓我去醫院看她。我在病房時，感覺我們倆之間從未有過裂痕，好像上週才剛見過面。她不想討論我們這些年的疏遠，她只想知道我的近況。而我帶來好消息：我交男友了，也訂婚了。她高興極了，想見他一面。吉兒一向不太滿意我交往的對象，但她卻很喜歡安迪。對我來說，這是莫大的讚美，也是最棒的預兆。

之後，我又去探望了她幾次。我們從沒有眞正解開過去的誤解、委屈與傷害，她只是希望我多聊聊自己的生活。我猜，也許這就是她活出不同人生的方式吧。直到有天，她轉進安寧病房，我知道她日子不多了。某天，她打電話給我，要我馬上過去。我聽懂了她話中的意思，她想向我道別。你會和一個知道自己即將離世的人說什麼呢？其實無需多說，只要陪在對方身邊就好。那是我最後一次見到她。三天後，她過世了，距離她五十二歲生日只剩一星期。我內心有一股內疚感，因爲就在她生命走到盡頭時，我正迎來人生最幸福的時刻，準備步入婚姻。

最終，我和安迪決定將婚禮訂在二〇一〇年四月十七日，正是吉兒的生日。即使是「Terminal」，也阻止不了我們繼續前行。

Sober（清醒）

是時候了，我知道是時候了。部分原因是吉兒離世，當同齡摯友離開人世，難免會讓人開始思考自己的死亡。但更重要的是，我意識到如果不少喝點氣泡酒，將來可能會爲自己的健康埋下隱憂。另外，我的未婚夫並不喝酒，讓我覺得這或許是在提醒我應該戒酒了。

酒精啊，你我之間有段瘋狂的冒險之旅，但現在我不得不下車了。我與酒精的關係，比其他的親密關係都來得長，但最後這個決定反而不難。我決心戒酒，也眞的戒了。我最後一次喝酒，是在二〇〇九年吉兒的葬禮上（但如果把海上也算進去，那就是另一回事了）。眞正困難的部分，並不是戒酒，而是身邊的人對此的反應。

我發現，這個舉動引發了「酒友內疚感」，他們會在點酒前先向我道歉，甚至在續杯前徵求我的同意。連我母親都不理解，她問我：「爲什麼連一小杯粉紅酒都不喝？那沒什麼酒精濃度啊！」然而，更難處理的是社交生活。一旦關係中少了喝酒的部分，我的酒友們可能也不再是朋友了。

我開始對酒吧感到厭倦，這些地方喧鬧又找不到快樂。我曾相信自己在酒吧度過人生最美好的時光，但現在我才明白，從此以後，我不會再有「續攤的衝動」，而且十點前（甚至更早）就想回家了。我還發現一個必須面對的現實：酒喝越多的人，越無趣。這才讓我驚覺，過去四十多年，我恐怕高估了自己的魅力。

少了酒精的助力，我覺得自己又回到了十六歲的青澀時期：那個老是在派對角落感到手足無措、受到過多外在刺激的女生。戒酒等於卸下了這些年來保護自己的一層層外殼。我不再靠外物來改變狀態或轉移注意力，必須直視內心的悲傷。

現在的我不會參加派對，覺得婚禮場合很難熬（因為大家常把婚宴當成酗酒的藉口），但為了朋友我還是會勉強撐著。我花了好長一段時間，才釐清要如何融入社交場合，如何不喝酒也能享受與朋友相處。我堅持了下來，從此滴酒不沾。呃，除了二〇〇一年蜜月旅行時。當時，我們搭乘瑪麗皇后二號郵輪橫越大西洋到紐約，船上免費香檳喝到飽，安迪整整六天都暈船，於是我給自己最後一次放縱的機會。

我最近讀到一篇文章在討論一種全新約會趨勢：「無酒精約會」，至少第一次約會時不喝酒。許多人發現，堅持只喝無酒精飲料能讓自己更有判斷力，並且建立更有意義的連結。文章引述一位女性的說法表示，她會在第二次約會時放鬆小酌，這樣才能「展現自己有趣的一面」。我讀到這覺得很沮喪：為何她只有在喝了酒之後才能展現自己有趣的一面呢？曾經的我對於戒酒最大的恐懼，就是成爲別人眼中掃興或無聊的人。但即使我滴酒不沾，還是可以玩得很開心，還是可以大笑、可以調皮搗蛋。只是我不會在隔天醒來時宿醉，也不會懊悔自己前一天的行爲。不過，我確實希望「Sober」這個詞不要有嚴肅、一本正經或沉悶的意思。我想，自己還是對這個詞抱有某種偏見。說不定我應該用「Sobriety」來代替，聽起來較爲活潑、也閃耀著更多光彩。

Husband（老公）

我在二〇〇八年二月二十九日（閏年日）向安迪求婚了。這只是個形式，我知道他一定會答應。現在看來，也許我們進展得太快了，但在交往的短短兩個月內，我們已建立了深厚的情感。我們決定等到那年稍晚再宣布訂婚消息，免得家人覺得我們太衝動。我一直等到聖誕節才告訴《週日快報》的同事們。當時，我站在新聞編輯桌旁，旁邊圍著一群女生，對我的訂婚戒指驚呼讚嘆，彷彿重現《傲慢與偏見》的場景。就在那時，編輯馬汀路過，問大家在熱烈討論什麼。我舉起戒指，簡單介紹了我的未婚夫，以及我們認識的故事。他聽完後說：「我好久沒聽到這麼溫暖人心的故事了。妳一定要替我們的一月特刊寫一篇第一人稱的文章，讀者絕對會受到激勵。」天曉得那時社會大眾眞的需要一些正能量，因爲金融危機才剛剛發生。

如果你上Google查「true love at 50」（五十歲找到眞愛），就會發現我的文章還在《週日快報》的網站上。不過你可能會發現，我在文章裡稍微修改了是誰求婚，還有求婚時間。在所有我曾發表於報章雜誌上的專題中，這篇文章獲得最多正面的回饋，也帶來了最大的影響。但現在看來，當時大眾居然認爲五十歲才找到眞愛太晚了，這個觀念未免太落伍。那篇文章發表後，許多媒體找上門來想採訪我們，但我們都婉拒了，只參與《幸福居家》（*Good Housekeeping*）雜誌的專題報導，主題是「非典型伴侶」，我們屬於「老少配」。

我們的婚禮還在一座古老的狩獵小屋舉行，那天春光明媚、萬里無雲，甚至連飛機航跡都沒有，因爲當時冰島火山爆發，航班全面停飛。我穿著一襲紫色禮服，請賓客選擇紫色、灰色、黑色或白色的服裝。所有人都說，那場婚禮簡直完美，也確實如此。

但對我來說，最棒還是從那天起，我終於可以開始說「My husband」（我老公）這句話了。我愈來愈常把「My husband」掛在嘴邊，說自己是「Wife」（老婆）對我來說反而沒那麼重要，重點是「My husband」。我好愛這個詞，它的發音聽起來讓人既安心又溫暖。

「Husband」這個詞本來的意思是「家中男主人」。誰能想到，曾挑戰禁忌、強勢獨立的女人，竟然會對傳統的古英文詞產生這種情感依戀呢？也許那些年與流行歌星的縱情玩樂，讓我壓抑了內心深處的保守性格（這裡不是指政治上的保守）。實際上，我熱愛婚姻，也喜歡與另一個人合法綁定的感覺。也許是因爲我曾以爲自己這輩子不會結婚，偏偏到了五十三歲才結婚，本身就是一種衝破禁忌的行爲了。無論如何，「Husband」這個詞依然像是一個溫暖的擁抱。

Pavement（人行道）

「Pavement」這個詞並不華麗，它代表了踏實與可靠。但這不是它被列入關鍵詞的原因，眞正的原因是它出現在一首歌裡，這首歌是我老公在蜜月期寫給我的禮物，歌名叫〈緊緊抓住我。我會比人行道陪你走得更遠〉（Hold on to Me. I'll Be Here Longer Than the Pavement）。我聽過他在客廳裡彈著木吉他唱這首歌，每次都聽得滿心歡喜。這首歌直擊我的心，因爲我珍視著背後象徵的承諾：他會陪伴我一輩子、成爲我的靠山。我一直希望有人能爲我寫一首歌。自從父親因中風離世後，我就渴望情緒保持穩定，而這首歌給了我深刻的安心感與安全感，這是自從我十幾歲以來就不曾體驗過的感受。

在二〇一一年我生日當天，也是我們結婚將近一年後，我老公送給我一份特別的禮物：一張CD，裡頭收錄了他爲我們婚姻生活所寫的歌，專輯名稱爲《鴨子錄音帶》，因爲我們彼此的暱稱就是「鴨先生」和「鴨太太」。這份生日禮物實在難以超越，也恐怕永遠無法被超越了。這首歌就是專輯裡最特別的一首，如今不僅完整塡了詞，還額外加了一段主歌，深深觸動我的心，既深刻又有意義，我現在依然不想公開，但我想傳達：他承諾我，再也不會讓我經歷以往情感上的種種痛苦了。

然而，一年多後，這條人行道崩塌了。我原以爲堅固的靠山，其實只是個幻想，或者正如吉兒所說過，只是一座「棉花糖城堡」。如今，我無法再去聽這首歌了，它只會讓我心碎。我願意相信，安迪在寫這首歌的當下，是百分之百眞心誠意，但我也永遠無法確定。至少這首歌還在，儘管人事已非。有時，那些看似穩固、可靠、踏實的東西，最終也證明了根本不是如此。人行道是用來讓人走的，而這條人行道卻讓我遍體鱗傷。

後記：和安迪分開兩年後，我在《電訊報》（*Telegraph*）網站上寫了一篇文章，分享我從這段婚姻中學到的殘酷教訓。那篇文章（讓人尷尬癌發作）的標題是：〈我與小我二十二歲的小狼狗結婚，最後卻以淚收場〉，也因此成爲我當年在《週日快報》發表的〈五十歲找到眞愛〉一文的遺憾結局。我這段感情的開始與結束都記錄在全英發行的報紙上，留給後代子孫看了。記者常常說：「不要成爲新聞報導的主角。」但不幸的是，我成了主角。

Divorce（離婚）

我知道你在想什麼。不會吧……剛剛才在慶祝「老公」這個詞，怎麼就來到「離婚」了？但這就是現實。

爲了避免責任歸咎的問題，我等了整整兩年才正式啓動離婚程序（幸好，現在這個荒謬的要求被取消了）。對於沒經歷過離婚的人來說，我要告訴你的是，離婚是極其去人性化的過程。你不久就會發現，當初花幾分鐘締結的法律關係，卻要花上數個月，甚至數年才能解除。在這段時間內，你的命運掌握在地方法院的手裡，由法院來決定何時正式批准你的離婚。數名你素昧平生的男人（偶爾也會有女人）坐在木製牆板的法庭中，翻看你最珍貴又私密的關係殘骸，決定你是否需要給予前配偶金錢賠償。幸好，他們最終判定我不需支付安迪任何費用。但光是這個可能性所帶來的壓力，就如烏雲籠罩了我整整一年。我們一步步從訴請離婚，走到准予離婚判決，最後在永無止境的等待後，終於拿到了正式離婚判決。

有些女人會舉辦離婚派對，但當一切塵埃落定時，我只感受到深深的悲傷。當時我寫道：「所以，這就是終點了。我展開了這段婚姻，那就要畫上句點。他透過電子郵件同意離婚，簡短、正式、直截了當、毫無情感，克制又疏遠。我讀著他的文字，胸口悶悶地抽泣，一滴淚順著我的右臉頰滑落。我不禁想：在他那封充滿官腔的郵件背後，是否也有相同的感受？也許我永遠都不會知道了。我覺得，我老公從來沒有覺得自己像老公，也沒有理解老公的意義。說不定，我內心有一部分從來沒有真正跟他結婚，那個只追求自由與獨立的部分、那個無法把自己投入婚姻的部分，無論婚姻神聖與否皆然。」

我寄了一封電子郵件告訴前夫，離婚手續終於完成了。他好像也很難過，至少他說自己需要時間來消化這件事，我就讓他自己消化了。我們已經好長一段時間沒說過話了，在那之後，也沒有必要與他保持聯絡。我讀過一篇文章說，結束一段認眞的感情，最悲哀卻鮮少被提及的一件事，就是你們曾共用的語言失去了意義。只有你們彼此才懂的表情、玩笑、聲音、親密話語與暱稱，都成了死亡的語言，再也不會被說出口了。

我不太會跟別人說自己離婚了，這並不是什麼値得說嘴的事。「離婚」這個詞至今仍會喚起痛苦的回憶，讓我覺得羞愧、背叛、失望、絕望與難堪。我從來不想要離婚，也曾堅信這不會發生在我身上。最近我才意識到，我之所以無法眞正直視「離婚」的意義，也許是因爲我依舊迷戀著「婚姻」本身，只是我老公早就帶著我的心離開了。

如果說，有個關鍵詞我始終拒絕承認，那就是「離婚」。但這個沉重的詞迎面而來、無可迴避時，我才被迫與它建立關係。最終，我踏出了那一步，開始一場尷尬的對話。想當然耳，當初求婚的人是我，建議結婚日子的是我，籌備一切的也是我，爲何我又會天眞地以爲，他會主動面對離婚呢？從一開始，我就爲這段婚姻承擔了責任，他只是轉身離開，頭也不回地走了。我這才發覺，他從來就沒有眞正擁有過這段婚姻。我還記得他在婚禮上的眼淚，也記得他後來對我說，他之所以哭，不是因爲要跟我結婚，而是因爲在場眾人都是爲了他而來。

種種片段在腦海中拼湊起來，甚至還沒等我察覺，謎題就解開了。這一切讓我覺得，他一直在我的人生舞台上扮演老公這個角色，但在短暫的演出後，他決定不想再演下去了。我再說什麼、做什麼，都無濟於事，因爲他也不會聽從任何舞台指示了。甚至他連外表都不太一樣了，當他不再需要扮演老公，臉部肌肉也放鬆下來。我眞的結過婚嗎？法律上來說是的，但除此之外呢？離婚來討債了，而我則踏上了一條漫長又艱難的路，去面對夢想的破滅。

Gratitude（感恩）

我不能讓本章以離婚作結，所以必須加上「感恩」，因爲儘管人生在中年遭遇磨難，我依然感謝自己能認識前夫、共同生活，以及走入婚姻。多年來，我一直在實踐感恩這件事。原本我每天都會寫下五件值得感恩的事，現在這已成爲我日常冥想的一部分。我以前常常杞人憂天，簡直無可救藥，但我現在相信，持續練習感恩，協助我逐漸減少焦慮，也重新訓練我的大腦專注於正向事物，即使唯一能感謝的只有太陽依然閃耀也沒關係。

過去十多年來，科學家開始研究感恩，想知道為何感恩會讓人心情變好。正向心理學對此有很多研究，加州大學柏克萊分校「大善科學中心」（Greater Good Science Center）發表了一份白皮書，指出：「一項每日記錄的研究發現，每日懷抱感恩的心態與快樂感（愉悅）、滿足感（意義與自我實現）之間有正相關。」

出於對正向心理學的興趣，我還發現了更進階的感恩練習：寫一封信給你想感謝的人，但不要寄出去，而是親口唸給對方聽，這樣不僅能提升對方的幸福感，也能提升你的幸福感。

於是，在二〇一〇年，我決定寫一封感謝信給母親，下次回家時親口唸給她聽。我很肯定她會覺得有點奇怪，畢竟我們家沒有這種習慣，但她還是配合了我。真的要唸給她聽時，我意外地緊張了起來，但我知道這件事很重要。以下是這封信的開頭：

親愛的媽媽：

我們都會經歷起起落落的人生，也理所當然地以為家人會一直陪伴在身旁，也格外容易把父母視為理所當然的存在。我希望妳知道的是，雖然我也有相同的想法，但現在絕對不會把妳視為理所當然。只要想起妳、想到你妳快八十三歲仍然活力滿滿、仍然對這個世界保持好奇、渴望學習，我就覺得十分感恩。妳是我的榜樣。

我在唸這封信時，眼淚不停地從我臉頰滑落。母親只安靜地坐著，專注又沉穩，完全符合她的風格。我鮮少看到她掉眼淚，但她看起來很高興、也很自豪。她先確定我沒事後，才接過我遞給她的信，信放在捲軸裡、上頭綁了緞帶。

我敢打賭在我離開後，她一定掉了幾滴眼淚。後來，她都把這封信說成是她的「母親證書」，所以我很確定這份「感恩的禮物」讓雙方都受惠。

十年後，她過世了，我無比慶幸自己曾抓住機會表達感謝，讓她知道母親在我心中的意義。後來，我在她葬禮上致詞，也是以這封信爲基礎修改，另外還撰寫了一篇部落格文章：〈親愛的媽媽，這是我最後的感恩禮物〉。這篇文章是我個人部落格上回應最多的一篇，甚至讓兩、三個朋友決定也寫一封感謝信給自己的父母，以免日後想寫也來不及了。

母親過世後不久，我們緬懷她這輩子的點滴，我也讀了一本好美的書：《最後一次相遇，我們只談喜悅》（*The Book of Joy*）。達賴喇嘛與大主教戴斯蒙·屠圖在書中回顧了他們漫長的一生，回答這個大哉問：「面對生命中逃不掉的苦難，我們如何找到喜悅？」書中寫道：「接納的意思是不去抗拒現實，而感恩的意思是擁抱現實。」我現在六十多歲了，這句話的意義也愈來愈深刻。我是否連面對悲傷，都能心懷感恩？

問問自己

人生中是否有哪個時刻，你自以為掌握了一切，結果發現根本不是那麼回事？你曾被裁員或解雇嗎？還是投入心血的專案最後失敗了？是否曾結束過一段多年的感情，或是伴侶離開了你？假使如此，哪些關鍵詞一直留在你心裡？這些詞可能蘊藏著你的故事，展現出你的真實性格與韌性。

我人生的轉捩點——認識安迪並嫁給他——帶來極大的喜悅，但同一時期也夾雜著深深的悲傷與失落，包括摯友的離世與婚姻的破裂，還有其他小小的遺憾。本章的關鍵詞代表我人生中第二個危機時刻：我以為自己從此過著幸福、快樂的日子，卻發現一切並不是我想的那樣。為了回到觸發事件前的美好時光，我所付出的一切努力全都徒勞無功。為何我會覺得這樣行得通呢？但至少在這個過程中，我戒了酒，也學會了感恩。凡是重大的危機，都讓我看見了自己的內在力量。

這一章的關鍵詞可能不太容易，請給自己一些時間和空間。深呼吸，看看下面的提問，哪些詞或故事引發了強烈的共鳴。坐下來開始書寫（記得要手寫回答，不要打字），讓文字自由流洩。不必修飾，也不要自我審查，這些內容不需要給任何人看，除非你願意分享。

・哪些詞能讓你瞬間回到自己覺得活著真好的時光？
・哪些詞代表了你職涯成就的顛峰？
・哪些詞在低潮時成了支持你的力量？
・哪些詞訴說了你面臨的人生危機？
・哪些詞仍然可以讓你開心大笑？
・哪些詞仍然可以讓你掉淚？
・哪些詞帶給你最寶貴的教訓？

第六章

智慧的關鍵詞

終於來到本書不屬於人生特定階段的關鍵詞。原本我可以把這章命名爲「晚年的關鍵詞」，但我更喜歡把它們連結到智慧。這些關鍵詞代表著你學到最雋永的道理、最深刻的接納，以及最有意義的價值與目標。這些關鍵詞就像傳說中彩虹盡頭那罐金幣，協助你理解過去的一切，無關乎年齡大小。

「Wisdom」（智慧）這個詞源於古英文，原意是知識、學習和經驗。但我更認同一種說法：智慧其實是療癒過後的傷痛。因爲當你走到人生這個階段，許多痛已獲得療癒，當然也還有尚未痊癒的傷。我希望，藉由寫下我眼中充滿智慧的關鍵詞，可以進一步療癒心中殘存的傷痛。我希望你也能從中獲得療癒。智慧無關乎年齡，現在就是最好的時機，思考屬於你的智慧關鍵詞。

Grief（悲慟）

過去十年，我寫過「Grief」這個詞無數次。我想要好好釐清、剖析它的每個細節，因爲它其實就在我眼前，我卻從未眞正理解它。我的悲慟從童年就開始了，當時我養的第一隻寵物虎皮鸚鵡托奇死了，我花了好幾個星期才平復心情。然而，當我家的貓澎澎被車撞死時，我傷心的時間持續更久。到了十三歲，我的同學蘇珊意外墜馬身亡。雖然我們不算親近，但這件事讓我第一次感受到「死亡」離我近得可怕，又來得措手不及。我和其他同學陷入混雜著驚恐與集體悲慟的情緒。我不記得當時有使用悲慟這個詞，卻感受到這股情緒的衝擊，以及深層的傷心與困惑。當時我明白，只要有人或寵物死掉時，要允許自己傷心。只是我的父母從來不直接談論這件事，也不讓我看見死亡，他們會用布蓋住死去的鸚鵡、直接把貓埋在花園裡，以及告訴我只有大人才能參加葬禮。

接著，我迎來了人生最沉重的一天：一九七三年四月一日，愚人節。

如前文所提，當時我是青春年華的十六歲少女，我那風趣又聰明的父親，卻在這天忽然中風，半身癱瘓，從此依賴母親照顧。當時他才四十六歲，正值壯年。身體上的障礙已夠讓人難以接受了，更難受的是他的性格也大變。就像許多腦部受傷的人一樣，他變得不太理性、容易掉淚、像小孩一樣傻里傻氣，但一點也不好笑。他的注意力變得很短暫，說話也結結巴巴（後來我才知道這叫「失語症」）。有時，母親會不耐煩地稱他是家中「第四個小孩」。我很快就發覺，他無法再扮演父親的角色了。對於快要成年的我來說，這實在難以接受。本來應該是他照顧我，現在卻變成我在照顧他，這讓我覺得好生氣。父親中風後，我好幾個月都處於驚魂未定的狀態，彷彿內心開了一個巨大的黑洞，完全不知道該怎麼表達自己的感受，所以選擇沉默。我們全家人，包括母親、姊姊和弟弟，每個人都像中了詛咒，各自冰封在自己的世界裡，假裝一如往常地生活。

多年後，我在《大西洋月刊》（*The Atlantic*）上讀到珍妮佛·席尼爾（Jennifer Senior）一篇感人至深的文章，描述一個家庭如何面對在九一一事件中失去兒子與手足的悲慟。他們去諮詢悲慟輔導師，對方告訴他們，每個人面對悲慟的方式都不同：想像你們一家人站在山頂上，每個人都摔斷了骨頭，所以無法互相扶持，只能自己找到下山的路。這個比喻也說出了我們家對於父親中風的因應方式，至今，我仍然沒有跟姊姊、弟弟深入聊過他們如何找到下山的路。

我花了許多年，不斷自我探索、接受心理諮商與輔導，才終於意識到眞正的問題所在。這道傷口之所以無法癒合，是因爲我始終站在那座敞開的墳墓前，無法移開目光。我必須透過痛苦去看見眞相。儘管父親依然在世，但他扮演父親的能力早在我十六歲那年就不復存在，而我從未好好哀悼這件事。多年來，我甚至不曉得這股難以言喻的情緒就是悲慟。有時難過會湧上心頭，像是絕望要把我吞沒。即使在開心的日子裡，依舊隱隱作痛。這個發現震撼了我，我開始瘋狂閱讀關於悲慟的書籍，想要知道自己應該如何面對。這時我才驚覺，即使是小小的失去，都會帶來悲慟的感受，並不限於親人或寵物死亡。我們也會因爲失去希望、夢想，甚至對未來的期待而感到悲慟。

我們家沒有人會好好聊「難受」的情緒，我們擅長用歡笑與幽默，掩蓋複雜又難以承受的情緒。我對母親哭的印象屈指可數，她會悄悄躲起來哭。童年有個深刻烙印在我記憶中的片段：有天，我牽著父親的手，站在房門外，父親隔著緊閉的房門對在房裡哭泣的母親說，這樣會嚇到女兒。當時的我其實沒有被嚇到，更多的是疑惑。但那天，我接收到了明確的觀念：悲傷是很私密的事，也是不光彩的情緒，可能會影響別人。

對悲慟有這層全新的理解後，我開始對自己產生更多的同理心。我哭了很多次，但眼淚不再是自怨自艾，而是健康的情緒宣洩。我開始剝開一層又一層壓抑多年的悲慟。到了五十歲那年，我終於可以連結到喜悅了，也在那時認識了未來的老公。

然而，我的療癒之路還沒結束。接下來的四年內，我持續進行呼吸練習，慢慢允許自己直視內心深處的悲慟。我發現，悲慟的底部還埋著恐懼、生氣、傷心，而在最底層的，是暴怒。我長久以來都對自己撒謊，極力壓抑這股怒火。我以爲自己會被它摧毀。我永遠忘不了允許自己感受暴怒的那天，情緒只持續了幾分鐘就消散了，我站起來對自己說：「眞沒想到，我還活著耶。」

但悲慟似乎一直在角落等著我，從未眞正離去。父親在七十三歲那年突然過世；兩位熟識的朋友選擇結束自己的生命；摯友吉兒死於癌症；我的婚姻僅維持了兩年就結束；弟妹經歷長期病痛後過世；母親身爲家中最堅定支柱，也在新冠疫情期間身心健康每下愈況，最終離開了我們。

我原本不想在這本書裡再次面對「悲慟」，東拖西拖、百般抗拒，但實際上，悲慟一直都與我並肩同行，陪伴我走過大半輩子。英國精神科醫師柯林·莫瑞·帕克斯（Colin Murray Parkes）在《喪親：成年生活的悲慟研究》（*Bereavement: Studies of Grief in Adult Life*）中寫道：「悲慟的痛苦與愛的喜悅一樣，都是人生的一部分。也許，這就是愛與承諾的代價。」我相信、也接受這個觀點。只是，我希望自己能更早認識悲慟，這樣也許就能更早學會與它共處，幫助我理解外在世界與內心深處。這個字一直存在，但我很晚才眞正明白其中的意思。我讀到卡莉亞·洛伊德（Cariad Lloyd）筆下《沒有你的世界，我依然會好好生活》（*You Are Not Alone*）時，對她十五歲就喪父感到無比心疼，但同時，我也羨慕她知道自己正在經歷悲慟，不像我當年渾然不知。對十六歲的我來說，悲慟像是一個謎團，而不是我認知中的詞彙。

「Grief」這個詞最早源自古法文，原意是「委屈、不公、厄運」，到了十三世紀才逐漸轉變爲「極度悲傷與內心磨難」。即使在今天，這個詞仍然伴隨著沉重與分量。如今，我終於更加理解「悲慟」了，還會主動受教。最近我讀了另一本書，大衛·凱斯樂（David Kessler）在《意義的追尋》（*Finding Meaning*）中提到，悲慟的第六個、也是最後一個階段，就是找到意義。這句話很有道理，因爲我一直在尋找人生的意義。我以前不覺得自己會這麼說，但我不再對悲慟怒氣沖沖了，反而對它心懷感激。悲慟深化了我的情感與智慧，讓我更加敏銳，也讓我有機會提早領悟人生的某些智慧。

Solitude（獨處）

「Solitude」這個詞來自拉丁文 *Solitudo*，原意是「孤單」。但獨處和孤單之間有很重要的差異：獨處可以帶來內心的平靜與滿足，但孤單不是如此。我更喜歡把「獨處」當作「全然合一」，不需要別人來填補你的空缺。

獨處是我的舒適圈，是我最自在的狀態。從十九歲搬進人生第一間公寓開始，我就習慣獨處了。當時，我與人合租一棟屋子，但鮮少看到我的室友們。我也曾跟不同的男友同居過幾年、跟朋友合租公寓，後來我當了數年的人妻，但人生中有很長一段時間，都是自己一個人住。

在獨處的時光裡，我發現了許多夥伴：想像力、創造力、幻想、同理心、反思等等。我一直都有很好的朋友，但擁有個人空間對我來說無比重要，甚至可以說是維持身心正常運轉的必要條件。然而，問題就在這裡：獨處是有極限的。要是獨處過了頭（像是疫情封城期間），就會變成一座監獄。我在獨處時所發現的一切，都需要透過與人交流來釋放，否則這些東西就只能被困在我心裡。身為 I 人的折磨，就在於必須小心維持微妙的平衡，既要有足夠的獨處時間來充電，但也不能缺少與人的連結。一旦兩者未能達成平衡，就會造成極大的焦慮。我也曾在關係中感受到孤單的痛苦，那樣的話，我寧願自在享受獨處的時光。

許多知名的藝術家和作家都讚揚過獨處的價值。詩人濟慈把獨處視為通往眞理與美的媒介；詩人伊莉莎白．畢曉普（Elizabeth Bishop）認爲，每個人一生中都應該經歷至少一次長時間的獨處；蘇珊．桑塔格（Susan Sontag）在一九七七年曾寫道：「想要寫作、想要看得更清楚，獨處永遠不嫌多。」沒錯，獨處向來有助我更專注於寫作，讓思考更加深刻。

進入六十歲後，我愈來愈珍惜獨處的時光。我知道母親在父親死後，第一次面對獨自生活。我比較擅長因應獨處，我接受孤獨，儘管有時並非出於自願。當初結婚時，我毫不猶豫地放下獨處的習慣，因爲我希望與老公白頭偕老，但看起來，獨處並不願意放過我，所以我又與獨處相伴了。永遠如此嗎？希望不要。但獨處就像一雙舒適的拖鞋，隨時可以穿上，就算偶爾想換成細高跟鞋（當然是比喻）也沒問題。

Unspoken（未說出口）

「Unspoken」這個詞很奇怪，本身就代表拒絕開口。這個詞傳達的只有沉默，即任何未用語言表達的東西，暗示著被封口、不准發聲，或是刻意隱藏需要說出口的話，又或是一套無需明講的潛規則。

「Unspoken」像是被塞進內心深處的感受，從未被賦予聲音。

「Unspoken」可能是永遠不會被聽見的話語。

這個詞自帶悲傷。什麼話被留在心底，沒有說出口呢？這個詞充滿祕密。什麼內容被刻意省略了呢？我在這本書中寫過的那些悲慟，多年來都未說出口，沒機會好好發聲。

我老公對我們婚姻的疑慮，同樣未說出口。我內心那些無法釐清的深層情感，也都未說出口，深嵌於我的心頭與身體之中。

「Unspoken」眞是個奇妙的詞。

二〇一一年，我成爲潛能開發教練，並創立一個名爲「內心的珍珠」（The Pearl Within）的網站，象徵我們內心最珍貴的特質，往往是伴隨痛苦而生，就像牡蠣殼中的異物，會逐漸被包裹起來，並成爲美麗的珍珠。我相信，只要我們敢於面對痛苦，並且好好談論它，它就能轉化成美好的東西。我相信，痛苦往往來自於把一切悶在心裡，如果我們開口說出來，就能打破沉默，終結這種折磨。

我們有太多話選擇不說。有些話或許不說比較好，但有些話，或許能成爲別人最想聽到的聲音。未說出口的話，就像一座無形的牢籠。願我們都不再受困。

停下來想一想

在經歷了灑狗血般的中年關鍵詞後，本章的關鍵詞讀起來平靜許多，更有內涵，甚至有點詩意。這段話反映了我人生中的一個階段，那時的我全心投入自我成長與探索，努力釐清過去發生的一切，也不得不面對那些艱難的真相：種種我做出的選擇，以及不得不放手的夢想與期待。就在那時，我面臨了一個關鍵抉擇：我是要選擇退縮，等待傷口自行癒合？還是要再一次推自己走向世界，讓自己（也讓傷口）被看見？

你是否也曾做出改變人生的重大決定？那不見得是你人生中最低潮的時刻，但那些智慧的關鍵詞，很可能來自你曾失去希望或信念的時刻。那個故事是什麼？你學到了什麼？這些經驗又能如何幫助別人？

如果用經典的敘事結構來看，這就是故事裡「一切似乎完蛋了」的關鍵時刻。我腦海裡立刻浮現《魔戒》裡的一幕：當佛羅多被魔戒的黑暗吞噬，連往末日山邁出一步的力氣都沒有，最後是他忠實的朋友山姆揹著他繼續前進。而在我的故事裡，我做出那個關鍵決定後，黎明的曙光才開始出現，我也終於願意讓別人扶持我走下去。

Spoken（說出口）

呼！終於鬆了一口氣！「Unspoken」的解藥就是那些說出口的話。大聲喊出來吧！「Spoken」在這裡！我通常不會在寫作時亂用驚嘆號，但此刻釋放的能量太強烈了，我必須付諸於白紙黑字，尤其是剛剛經歷了「Unspoken」的箝制。話語帶有能量的振動，說出口就再也收不回來。所以小心囉，我說出口了！「Spoken」這個詞帶有動態感，代表以行動來溝通，感受得以表達，想法得以分享。

在文字的世界裡，「口語」和「書面」是好搭檔，以下是我如何從書面語走向口語的故事。

多年來擔任文字工作者，我從沒想過要涉足口語表達的領域。以前我曾有著響亮的署名，之後又成了隱形的文字修補小工，但我從來不覺得自己需要當開口說話的人。我唯一公開演說的經驗，是一九八八年擔任《唱片鏡》的編輯時，受邀前往牛津大學辯論社演講。牛津辯論社是英國，甚至可能是全世界最富盛名的大學辯論社團，常常接待社會上有頭有臉的人物，通常討論嚴肅的政治議題，但偶爾也會來點輕鬆的主題當作調劑。我受邀那場的辯題就比較偏「好玩」：「搖滾樂是否失去它原有的膽識？」我負責正方的角色。爲了準備演講，我寫了一篇稿子，打算直接唸出來。我並沒有想太多，直到當天下午抵達牛津大學後，才意識到自己面對的場面。辯論社社長要我簽訪客名冊，這本皮革封面的厚重名冊上，寫滿了歷任首相、總統等政壇重量級人物的名字，現在要加上微不足道的我。

我走進辯論大廳，才發現這裡根本就是英國下議院的縮小版，還有類似「發言箱」的講台。我覺得自己是個冒牌貨，只能默默坐在長凳上等著輪到我發言，像是謀殺案的證人。終於輪到我上場，我站在講台旁，緊握著稿子，低著頭照本宣科，不太敢跟台下學生有眼神接觸。好不容易熬了過去，我立刻溜回座位，心想下次再也不要公開演說了（不過，我關於流行樂團 Bros 的笑話竟然還引起一陣大笑，而且我們正方贏了辯論，正式宣告搖滾樂在一九八八年「失去膽識」）。

接下來的二十五年，我一直待在文字工作與編輯的舒適圈裡。

所以，是什麼讓我踏入口語表達的世界？是一次偶然的相遇。某天，我參加一場派對，其實我本來不想繼續待下去，但就在我準備離開時，遇見了活力四射、充滿感染力的人物：莎拉．勞伊德－休斯（Sarah Lloyd-Hughes）。雖然我還是大約二十分鐘後就離開了，但我知道自己遇見了需要認識的人。之後，我參加莎拉主辦的一場工作坊，當時她的公司叫「晶采演說學院」（Ginger Public Speaking）。在那場活動上，我第一次眞正體驗到口語表達的力量。活動結束時，莎拉邀請現場的幾位參與者上台，進行兩分鐘的即興發言。我竟然自願上台了，我提到自己一直以來都在表演，但這是我第一次以眞實的自己站在這裡。兩分鐘後，我當場崩潰大哭。那種情緒的釋放，只有在你完全說出內心話時才可能發生。我終於開口了！不再躲藏！

當然，我還是熱愛寫作，但口語表達也吸引了我。我本能地知道，這是一件我需要多多練習、並且不斷進步的事。於是，我報名參加該學院兩、三門課程，其中一門是爲期六個月的「魅力演說家培訓課程」，期末要在一大群受邀觀眾面前，發表十分鐘的公開演說。

「Spoken」這個詞可說是拯救了我的人生。當時，我剛與老公分開，而擔任講者這件事，把我從心碎的沉默中拯救了出來。我不再壓抑自己，我選擇開口說話。在那場期末演說中，我的主題是「世界上沒有平凡的人生」，還獲得當晚的「觀眾票選獎」。大約十個月後，我正式成爲公開演說教練，在晶采演說學院擔任莎拉的員工，開始教人如何發揮口語表達的力量。口語表達讓我重獲自由、感受充實，也給了我全新的使命，意外拓展出一條全新的職涯，所以「Spoken」必須列入「智慧的關鍵詞」。

Author（作家）

我的文字旅程，從「文字工作者」到「編輯」，最後來到了「作家」。最早開始構思寫回憶錄，是在一九九〇年代末期，當時男友詹姆斯表示，應該有許多人會好奇我在一九八〇年代的音樂記者生涯。我覺得大家可能會想看我過去的訪談，搭配一些社會觀察和個人評論，於是開始蒐集資料。可惜的是，我竟然沒留下多少當年刊登作品的報章雜誌紙本。最後只好跑去大英圖書館，耗費無數個小時翻閱一本本《聲音》和《唱片鏡》合訂本。

這段旅程漫長又艱難，運用已出版的作品來拼湊回憶的過程，我可謂全力以赴。這很像在心理諮商，因爲我必須直視年輕時的自己，一個我幾乎認不出來，甚至有點羞於面對的自己。那是我第一次嘗試寫書，雖然內容是按時間順序記錄眞實事件，但過程就像爬一座高山，尤其父親在二〇〇〇年突然心臟病發去世，讓我停筆了半年。

之後我重新開始，結果九一一事件發生，悲劇後續的餘波再次讓我陷入創作停滯。我發覺，如果想要攻頂，就必須辭掉《週日快報》的兼職，全力完成初稿。這樣心無旁騖地寫作，讓我有機會好好檢視揮之不去的過往陰影，但這也代表我常常被自己的回憶纏住。我低估了梳理回憶的難度，因爲有些是我壓抑已久的事。這個女生到底是誰？怎麼會做出那些事？但一步一步，我終於看到山頂，完成了初稿，共計十五萬字的巨大文本。

接下來的挑戰同樣艱難，那就是找到版權經紀人。我聯絡了幾位可能對音樂圈回憶錄感興趣的經紀人，信件卻石沉大海。後來，吉兒介紹她的經紀人給我（她從音樂記者轉任青少年雜誌編輯，後來開始自己創作青少年浪漫小說）。我把書稿寄了過去，接著就是漫長的等待。終於，經紀人回覆她有興趣代理我的書，但有個條件：必須刪掉五萬字，特別是訪談逐字稿，讓內容更貼近自我、但又不能太過度分享。這讓我有點困惑，但還是照做了。

我開始大刪特刪，最終交出了第二版稿子，經紀人這才滿意。接著便開始向各大出版社提案，遊說他們出版我的回憶錄《搖滾女孩：我在八〇年代流行樂界的奇異雙重生活》（*Hit Girl: My Bizarre Double Life in the Pop World of the Eighties*）。這段過程非常漫長，因爲出版界運作極爲緩慢，一份稿子寄出去，可能數個月都等不到回音。終於，回覆開始陸續進來，有的說「不適合敝社」，有的說「內容很有趣，但我們的出版計畫排滿了」，鼓勵的聲音不少，但就是沒有出版社願意眞正簽約出書。最讓我洩氣的是，有家出版社指出，沒有人想看記者採訪明星的故事，大家只想看明星說自己的故事。他們甚至問我有沒有興趣幫明星寫回憶錄，也就是當代筆，但我才不要。他們的意思很明顯：妳並不是「知名作家」，所以沒有人會好奇妳的生命故事。一年半下來，我的經紀人幾乎把所有大大小小的出版社都試了一遍，包括小型的獨立出版社，但沒有一家願意出版。最後，我們不得不放棄。我的回憶錄就這樣被擱置，至今仍躺在我的書架上。

但作品沒有出版，就稱不上是「作家」。多年後，我寫了一本討論個人生命故事的小書。我的寫作動機是出自一個信念：「沒有人眞的平凡，我們都有不平凡的故事值得分享。」最早是在我得獎的演說中提到。現在看來，這個信念的根源，正是來自被出版社拒絕的經驗：因爲我不夠有名，就無法引起讀者興趣。

二〇一五年，我自費出版了一本電子書《尋找故事靈魂：#用智慧書寫你的眞實人生》（*Dig for the Story in Your Soul: #StoryWisdom to Help You Author an Authentic Life*，目前還能在亞馬遜官方網站上購買，只要五．九九英鎊），書名長得有些拗口，我特地把「Author」這個詞放進去，還很開心地在前言後面加了一段「作者的話」，說明這本書的內容來自我在社群媒體上創作的 #StoryWisdom 圖文。

這一切的起點，只是我花不到三十秒創作的一張小圖，上面寫著：「我們都有不平凡的故事值得分享，讓你的聲音被聽見吧。」接著，我陸續製作了數百張類似的圖文，週一到週五在社群媒體上分享。最後，我把這些 #StoryWisdom 整理出五十二則金句，每週一句，搭配引導提問，協助讀者發掘自己的故事。這本書可說是我當時對於「個人生命故事的力量」這個主題凝結的精華。其中，我最喜歡的仍然是 #StoryWisdom 第一週的句子：「世界上沒有平凡的人生。你很重要，你的故事也很重要。」

現在，我可以說自己是一名作家了。這本書的確出版了，裡面有許多我的生命故事，還獲得了幾則五星好評，我覺得可以當作這本「正式出版」新書的延伸讀物，也許未來我還會寫第三本書，也許那本「失落的回憶錄」會有問世的一天。

「Author」這個詞可以追溯到十四世紀，當時創作是純屬男性的活動，這個字與「Father」（父親）的概念有關，也是「Authority」（權威）的詞源。如今，無論性別為何，成為「作家」都代表著專業，僅僅是個人經驗的專業也算數。

停下來想一想

我們在這裡稍作停留，因為我即將進入故事的高潮。在我看來，我已完成了當初觸發事件帶來的「探索之旅」，在許多方面都恢復了內在的平衡，包括透過書寫整理自己的人生，這是我理解過往經驗的唯一方式。我的故事一旦有了架構，腦袋就能從中找出模式與連結，進而賦予人生更深層的意義。

你可以指出自己生命故事的「高潮」嗎？還是你依然在前進的路上？生命故事的高潮，可能是情緒張力最大、衝突最劇烈的時刻。但對我來說，更像是一種釋放與收尾。

也許，你的關鍵詞會引導你找到屬於自己的收尾，你的生命故事會更加連貫。

目前已有不少研究探討所謂「敘事連貫性」，指的是一個人對於自己過去經驗描述連貫的程度。比利時一項研究調查新冠疫情期間敘事連貫性對於情緒健康的影響。科學界對這點仍沒有定論，但我自己的經驗是，你覺得自己的故事有邏輯、有道理時，確實能帶來很大的穩定感。但我也知道，人類天生就會腦補記憶的空缺來理解經驗。根據《科學人》（*Scientific American*）的一篇文章，我們的大腦會自動將零散的片段拼湊成一個連貫的故事。我們對部分細節不確定時，腦袋並不會選擇保留空白，而是會自動填補內容，甚至不會徵求我們的許可。這就是為何我們都是「不可靠的敘事者」。我們的腦袋會補足空白，往往捏造從未發生的事件，讓故事聽起來更完整。

這讓我產生一連串的疑問：我能相信自己任何的記憶嗎？這一切真的跟印象中發生的一樣嗎？我是否說得太誇張了？我的答案是：很可能無法相信。記憶不像攝影機忠實地記錄，有時確實會誇大其辭，但這不是我的錯。

腦袋會根據你當下對世界的認知，重新整理、修改事件。所以下次你回憶過去的生命故事時，記住已故神經學家奧利佛·薩克斯（Oliver Sacks）的這句話：「我們唯一的真相，常常就是『敘事的真相』，我們說給彼此聽、說給自己聽的生命故事，也是我們不斷重新分類、修正的生命故事。」

最重要的是，找出你生命故事中真正的情感，這不只是你記憶中的事實堆疊，更是你現在對自己故事的詮釋，以及你對此產生的感受，這些才是讓故事有意義的關鍵。

你的故事聽起來有連貫的脈絡嗎？你是否感受到它的真實？好好尋找其中的智慧吧。

Intuition（直覺）

對我來說，「Intuition」這個詞的組成，即「In」（內在）+「Tuition」（教導／學習），本身就說明了它的核心意義。直覺就是傾聽內在的智慧。那個微小的聲音，只有當你把腦中的雜音調低、讓心靜下來，才能眞正聽見。我猜在上學之前，我蠻相信自己的直覺。但學校教育讓我開始忽視直覺，老師的聲音與父母的價值觀交織在一起，使我再也無法輕易聽見內在的智慧，也不相信它眞的存在。

我跟直覺的關係一直不太順遂，花了很長一段時間才再次學會相信直覺。我常常以爲自己在跟隨直覺，尤其是戀愛關係，後來才發現，我只是在追隨一種幻想，通常是對於未來的美好投射。這些幻想破滅後，我把錯推給直覺，最後慢慢地將它排除在外。我之所以開始研究占星，其中一個原因就是占星讓直覺變得有理可循。只要我手上有占星書，就可以解讀一張命盤，不用完全依賴自己的直覺。

吉兒才是眞正直覺敏銳的人。她有靈視力、也學過通靈，懂得解塔羅牌，這些我全都不會；更準確地說，是我認爲自己不會。後來，一位靈氣老師鼓勵我要相信「第一個直覺」，不要立刻懷疑或否定，即使理性腦覺得再無厘頭也一樣，我才開始相信一閃而過的想法，也能在冥想時紛亂的思緒之間，愈來愈清楚地聽見內在微弱的聲音。我開始相信第一個直覺，並發現它經常與別人產生共鳴。

寫這本書時，我也運用了直覺。有時，我透過自由書寫或意識流寫作來進入文字的狀態，讓文字帶著我走，不去思考該寫什麼。如今，直覺已成爲我不可或缺的夥伴，尤其當我指導客戶，或聆聽別人的生命故事時，直覺常伴左右。我在協助別人找到自己的聲音時，無論是透過書寫或口語表達，我都會先憑直覺感受需要說什麼、哪些話語浮現，再運用具體的語言來思考結構、清晰度與編輯。

「Intuition」這個詞源自十五世紀，當時帶有神學上的意義，指宗教上的洞見。直覺就像一扇通往靈性世界的窗，它既美麗、又無法觸碰，也許是來自神性的指引。直覺始終存在於內心深處，絕對不會讓你眞正匱乏。

Precision（精準）

哎，精準，你讓我不禁滿心欣喜地發抖。

你那一針見血的準確度與俐落感，在在讓我讚嘆不已。我喜歡你凡事都直擊核心，把贅詞一刀砍掉，就像一把極致鋒利的昂貴廚刀，準備切割乾淨、毫不浪費一絲效率。

哎，精準，你隨時可以打斷我喔……

好，我好像有點太激動了，但多年來，我確實練就了一身語言的精準度。我花了數千個小時，仔細看著校樣和電腦螢幕，一次次修正文法、標點符號，精雕細琢每一篇文章，讓表達更清晰、更有力量，還要想出既貼切、又剛好能放進版面的標題，同時不重覆引言中任何字句。

然而，也不是每次溝通都能這麼精準，我在與親近的人相處時，也曾因爲表達不夠清楚而造成誤解。畢竟我也是人，但至少在文字的世界裡，我學會了既重視直覺、也重視精準，兩者相輔相成。

「精準」和「清晰」是最佳搭檔。根據《紐約客》的一篇文章，作家弗拉基米爾．納博科夫（Vladimir Nabokov）曾表示：「作家應該要有詩人的精準度，以及科學家的想像力。」雖然我對數字不感興趣，但我喜歡占星學的一大原因，就是它在數字上的精準度。想到人類竟然能準確預測行星在未來數百年內每度移動的位置，我就覺得好不可思議。

哎，精準，你讓我有一種掌控的快感。

我覺得「精準」並不是一種流行（它的好兄弟「簡潔」更不可能），但凡是珍惜「精準」的人，往往都讓我像是遇見同道中人。就跟簡潔一樣，想做到「精準」並不容易，你必須刻意鍛鍊。含糊其詞最簡單，但語言不夠嚴謹的人，鮮少會去思考「不精準」這件事。

根據線上詞源字典的定義，「Precision」最早的意思是「剔除不必要的元素」。就像米開朗基羅曾說他雕刻大衛像之前就在大理石中看見形象，我也很享受在寫作中挖掘重要元素、去蕪存菁。哎，精準，你讓我覺得自己好像在雕刻文字構築的雕像，一個會流傳於世的作品。

Clarity（清晰）

就在我準備動筆寫這篇之前，正在聽我好喜歡的Podcast節目《每日》（*The Daily*），這是由《紐約時報》製作的節目。製作團隊每天上架一則清晰的時事短篇報導，同時穿插那些發人深省、往往讓我落淚的人物故事。二〇二〇年五月的一集節目也不例外，主持人麥可．巴巴羅（Michael Barbaro）採訪記者奧黛拉．伯奇（Audra Burch），談論非裔美國人喬治．佛洛伊德（George Floyd）被濫用職權的警察暴力執法致死的事件。巴巴羅以簡單的提問，引導伯奇講述事件的始末，幫助聽眾梳理整個事件。節目最後，伯奇像是被這件事給掏空了，她表示發生這樣的悲劇後，有時我們就只能靜靜地坐著。她最後說：「我力求帶來清晰的報導。我認爲，發生這樣的事情後，這是我唯一可以努力爭取的。」

聽了如此痛徹心扉的故事，最後那句話讓我忍不住落淚。我永遠無法眞正理解身爲有色人種是什麼感受，但我深刻體會伯奇渴望帶給世界清晰報導的執著，以及她願意爲此奮鬥的決心。我想，或許我也是在爲此而戰，透過文字與口語，讓世界更清楚明瞭。清晰就跟精準一樣，可以直指核心。凡事一旦清晰透明，就不會再有疑慮的空間。清晰本身就閃閃發光，像是清晨剛醒來時，眼前世界成了高畫質畫面。而「Clarity」的詞源更有超然的意涵：璀璨、輝煌，宛如瑰麗之景。

有時，清晰的時刻來得猝不及防，一切瞬間變得明朗，毫無懸念，你曉得有事需要說出口或必然要發生。有時，這可能是臨界點。二〇一二年六月某個週日，我老公說要出門找朋友，我質問他爲何不願意待在家裡陪老婆。他沒有解釋就出門了。過了一會，我打電話給他，要求他好好說清楚。他終於同意回來跟我談談。我在窗邊看著他從車站停車場走回來。我永遠忘不了那個畫面，就像電視影集重大劇情發生前的片刻。我知道，接下來的對話會讓我們的關係更加清晰，只是我們對此迴避已久。

他坐在客廳裡，眼神堅定、語氣平淡地說：「我改變主意了，我還是想要小孩。」本來就是老少配的我們，婚前曾多次討論過這個話題，而他的立場一直都是寧願跟我在一起，也不要生孩子。於是我急忙說我們可以考慮收養，但他馬上打斷我：「不是這個問題，妳沒聽懂，我是想和同年齡的女人生孩子。」這句實話像一顆炸彈，把一切炸得一清二楚：我們的婚姻走到盡頭了。我後來花了整整一年才眞正接受這個事實，但當下的清晰可謂無比赤裸。

寫完上面這段，我不得不休息二十四小時，因爲這段回憶的衝擊依然讓我難以承受。

清晰，既可以帶來殘酷，也可以帶來美麗。我努力在思考和情感上追求清晰，也努力讓我的每個句子、每段編輯的內容更清晰。我最開心的就是，當我協助別人釐清思緒，他們腦袋終於清晰的那一刻。

清晰，你是一把雙面刃。你讓我直接切入重點，但有時也讓我受傷流血。即使如此，我還是會爲你奮戰到底。

Contentment（滿足）

我看了梅爾文．布拉格（Melvyn Bragg）二〇〇三年的紀錄片《英文大冒險》（*The*

Adventure of English）系列，才驚訝地發現，原來當年諾曼王朝的征服者威廉登基後，宣布英格蘭宮廷、政府和上流社會都只能說法語，讓英文差點在英國消失。這也是爲何四五%左右的英文詞彙源自法文，「Contentment」就是其中之一。這個詞最早（現已過時）的意思是「債務清償」。但仔細想想，這跟現在「滿足」的意涵其實很相近。我們拿回應得的東西，就會感到安心。

有趣的是，「Contentment」是被動的狀態，「Satisfaction」（滿意）則比較主動。滾石樂團主唱米克・傑格（Mick Jagger）在六〇年代就唱過，你可以拚命追求別人的滿意，但八成還是會失敗。但「滿足」則不需要追求，而是自然發生，它是接受當下、不再執著於擁有更多的狀態，並在當下找到值得珍惜的美好。

雖然我在本書中挑選的關鍵詞不全都正面，但其實我的人生也曾感受過滿足，也希望未來能擁有更多這樣的時刻。不過，我覺得快樂本身很短暫，通常得指望外在環境和別人；但「滿足」卻可以在獨處時體驗，不需要依賴任何人。我走到這個人生階段，滿足等於獨處加上感恩。

疫情封城期間，我有機會尋找生活中的美好；慶幸的是，我眞的收穫滿滿。

其中最珍貴的就是在寫作與回顧人生的過程中，我體會到了滿足。當然，我仍然不時會渴望愛與陪伴，但這樣的渴望容易讓我陷入「不滿意」的狀態。而「滿足」能讓我回到內在，感謝自己擁有的東西，而非渴求自己缺乏的東西。

佛陀曾說：「健康是最珍貴的禮物，滿足是最偉大的財富。」封城的日子讓我對這句話有了更深的體悟。與其追求快樂，我決定把重心放在平靜地培養滿足感。

Soul（靈魂）

老實說，我現在已不太會用「靈魂伴侶」這個詞了，但至少有幾年，我老公曾非常接近「靈魂伴侶」的角色，只不過他在我們分開後說，我收藏的「靈魂樂」太少了。我跟他解釋，我從小就在收音機裡聽摩城唱片（Motown）的音樂長大，那幾乎是我童年和青春期的背景音樂。雖然我沒有收集那些專輯，但這並不代表我不尊重或不喜愛靈魂樂，只是我從來就不熱衷於收藏唱片。但我對王子（Prince）簡直是著迷。一九八一年，他在萊西姆劇院舉行人生第一場倫敦演出，從他踏上舞台的那一刻起，我就徹底被他吸引了。一九八八年，王子與革命樂團（Prince and the Revolution）在溫布利體育館的演出，至今仍是我看過最棒的現場表演（我可是很愛看演唱會的）。那場演出充滿靈魂，彷彿把我帶到另一個境界，讓我陶醉了好多天。當年我在音樂雜誌擔任撰稿人時，經常遇到對靈魂樂有偏見的人，尤其是一群男性樂評人，老是用不屑的眼光看我，因爲我主要寫流行樂。在他們眼裡，流行樂只是消費品，缺乏文化價值，遠不及他們所推崇的音樂類型。

我一直到很後來才眞正重新擁抱「靈魂」這個詞，因爲我開始探索更深層的靈性世界，慢慢理解靈魂的本質其實不滅。它是能量的核心，即使肉體消亡，仍會隨著不同的轉世延續下去。我相信我有靈魂，但我覺得「靈魂」並不是我認知的「我」，可能是一種內在的意識，卻又超越我的意識掌控。我能「感覺到靈魂的存在」，卻無法確切指出它在哪裡。我能「挖掘靈魂中的故事」，就像我在書中對讀者的建議，直覺上也知道其中的意涵，卻無法精確加以描述。

「Soul」這個詞最早來自古英文（盎格魯撒克遜），意思是存在的精神或本質、生命力，這個詞甚至早在六世紀基督教傳入英格蘭前就已出現。即使到了二十一世紀，我們仍在爭論「靈魂」究竟是什麼。靈魂啊，你眞是個謎團，像幽靈般難以捉摸。你可能是我能想到最有智慧的詞，但你的智慧往往難以企及。我希望能在餘生眞正理解靈魂的眞諦。我一直記得蘇菲派詩人魯米（Rumi）的那句話：「認識自我靈魂的渴望，會終結其他所有渴望。」

Surrender（臣服）

這個詞從我十六歲起，「上帝之手」介入後，就不斷出現在我的人生中。從此之後，它就一遍又一遍回到我身邊，引導我走向它希望我前進的方向，而不是我想走的道路。「臣服」這個詞滑溜得難以捉摸。從小到大，我被灌輸的觀念是，臣服就是放棄、高舉白旗，代表懦弱、無能爲力。但隨著歲月流逝，每當這個詞再度造訪，我就更加明白自己需要放下成見。

我現在的理解是，臣服是一種恩典，意思是接納當下的一切，照單全收。臣服是放下自我的欲望、需求與執念。臣服是在我想要掌控或推動一件事時，選擇順應，而不是抗拒。臣服是承認有個更高的力量，超越理解、無法捉摸，卻比我自己更清楚如何引導我的人生方向。

雖然我一直不覺得自己是個藝術家，但我曾試著「畫出」臣服。那是一幅色彩鮮豔的畫，粉紫色的旋渦環繞著字母，看起來充滿感性之美。

過去我都說，我不知道該怎麼臣服。我還買了一本書，想學習放手的藝術。「臣服」想必笑翻了吧。

你無法用力去臣服，臣服得自然發生。

艾克哈特．托勒（Eckhart Tolle）在《當下的力量》（*The Power of Now*）中寫道：「臣服的智慧既簡單又深刻，就是順應生命的流動，毫不抗拒。」我這輩子拚命想要掌控人生、想要有番成就，這句話讓我如釋重負。臣服想必真的是通往神性的入口。以前，每當我聽到有人說：「放手，交給上帝安排。」我都覺得很刺耳，覺得這句話在剝奪我的主導權和自由意志。但後來我明白了，無論「上帝」對你而言的意義是什麼，這樣活著確實更健康、更快樂，也更能帶來豐盛的結果。

眞正的關鍵在於，何時該臣服、何時該行動，這是一門我仍在學習的功課。我並不想讓人覺得我是個被動的人，但我發現，只要不再拚命掌控人生，而是學會讓人生自然發生，整個觀點就會因此而改變。「Surrender」這個詞源自古法文，原本的意思是「交出」或「歸還」，現在想想，意思好像還是沒變。對我來說，「臣服」永遠是未完成的過程。人生會不斷給我機會去放下，甚至「交給上帝」。

我的朋友芙拉・賽伊（Furrah Syed）是位很有才華的藝術家，她策畫了一個名爲「藝術遇見詩」（Art Meets Poetry）的計畫，邀請我提供一篇文字作品，讓她用畫作來回應。我寄給她的作品，就是上面討論「臣服」的這段文字。她完成畫作後，附上了一段說明：「我選擇用黃色作爲背景，象徵我們的存在。畫面中有兩股流動的線條，一條是妳的能量（綠色和藍色，象徵生命的顏色），另一條則代表來自上天／上帝的指引（黃色、紅色和金色）。我腦海中對『臣服』的強烈畫面，是最深的黑色，我把它放在畫面的中心，但有幾個不同形狀。有些形狀阻礙了妳的生命流動，有些則讓妳能順利前進，接近上帝的指引。這幅作品與我以往的創作完全不同，但我覺得它忠實呈現了妳的文字和情感。」

對我來說，表達自己最擅長的方式一直都是用文字，鮮少運用藝術等其他媒介，因此看到芙拉透過畫作來詮釋「臣服」，是十分難得的體驗。她把這幅畫送給了我。我覺得這幅作品捕捉到了「臣服」的精髓與能量，沒有任何言語，卻意義深遠。

Serenity（寧靜）

「寧靜」都隨著「滿足」而來。「Serenity」這個詞來自拉丁文 *Serenus*，意思是「清澈、平靜、安寧」。許多人形容我看起來很冷靜，我也的確擅長表現得不慌不忙。但冷靜有時只是一種表象，可能是爲了掩蓋內心的不安。眞正的寧靜，是內心沒有波瀾的狀態。每當我想到這個詞，腦海中總會浮現神學家萊因霍爾德·

尼布爾（Reinhold Niebuhr）那句著名的寧靜禱文，他在一九五一年寫道：「上帝啊，請賜予我寧靜，去接受我無法改變的事；請賜予我勇氣，去改變我能改變的事；請賜予我智慧，去分辨這兩者的不同。」這個句子不只是關於寧靜，也關於臣服，以及知道何時該行動。

當年我還是音樂記者時，有幸受邀前往日本，由一家日本唱片公司招待，在東京、大阪、京都之間遊歷。其中有一站，我參觀了一座極簡風格的枯山水石庭園。我坐在這種象徵大自然本質、有助冥想的庭園裡，很難不感受到一種深沉的寧靜。不過，現在的我應該更懂得欣賞，因為當時的我還沉迷於節奏快速的生活，反倒是搭新幹線更讓我躍躍欲試，對於沉思一堆排列講究的石頭和細沙興趣缺缺。噢，要是能回去京都，再次靜靜思索人生的意義該有多好。如今，我都在自家的小花園（嚴格來說是露台）練習靜心，還有一尊大佛像靜靜地看顧著我。寧靜依舊是我追尋的目標，而不是時時都能達到的狀態，畢竟，我也是凡人，不像接下來的……

God（上帝）

天啊……我一直很怕「God」這個詞，卻也知道自己無法逃避。就像這個詞本身的歷史一樣，我與上帝的關係一直很複雜，甚至在我出生前就已存在。我的父母刻意不讓我們三個孩子受到任何宗教教條的束縛。母親小時候就受過基督教堅信禮，認同自己是基督，但幾乎不去禮拜。父親身爲科學家，自認是不可知論者，有時甚至偏向無神論，但這背後其實有個痛心的故事：我爺爺出身猶太大家庭，也是家中唯一沒有娶猶太女人的男性。這在當時引起了極大的爭議，因爲按照傳統，猶太血脈是透過母親傳承。爺爺和奶奶甚至因爲家族壓力分開了一段時間，最後才又在一起並結婚。這件事本應讓父親更有選擇伴侶的自由，但結果恰恰相反。爺爺、奶奶希望父親和猶太女人結婚（應該是要彌補爺爺的「原罪」）。我的父母剛開始交往時，爺爺、奶奶極力反對。母親告訴我，她從來沒有感覺自己受到眞正的接納。但就像爺爺當年那樣，父親也堅持自己的選擇。可憐的母親雖然還是結婚了，但因爲爺爺、奶奶拒絕參加教堂儀式，他們只能在戶政事務所完成婚禮，而這在當時仍然帶有社會污名。這種宗教上的不寬容與僞善，導致父親完全排斥宗教，母親則選擇疏遠。

小時候，「上帝」沒怎麼出現在我生活中，直到我自己選擇去一個獨立教會上主日學才開始接觸，因爲剛好有朋友的父親在那裡擔任老師。我記得，坐在牧師布道的長椅上，我完全無法投入，感到無聊透頂，當時上帝對我毫無吸引力。但我很喜歡主日學裡學到的那些聖經故事。後來，「上帝」成了課程的一部分，是宗教教育中不得不學的內容。我記得老師教我們：「太初有道，道與神同在，道就是神。」可是我問老師這個句子到底是什麼意思，沒有人願意用我聽得懂的方式解釋。即使是現在，你還是可以找到上千種不同的解讀。

我並不是刻意不相信上帝，只是我從來沒有特別想過上帝的存在。祂對於我的人生沒有任何指示，直到父親中風了，我才開始相信祂，因爲我需要遷怒祂，但同時，我還是會向祂祈禱，求祂救父親一命。看起來祂聽見了，父親多活二十七年。之後，我不再需要上帝，而是對宇宙和更高的力量（那未必稱爲「上帝」）產生興趣。除了偶爾用祂的名字來罵髒話，我跟上帝基本上沒有來往。我沉迷於行星運行、希臘與羅馬眾神，而不是這個唯一的「上帝」。畢竟，上帝很不酷，祂完全不搖滾，在我眼中，就是那種穿著耶穌涼鞋、在營火邊唱歌、被克里夫．理查（Cliff Richard）歌頌的對象，但我偏好從更神祕的管道來接觸神性。我涉獵了占星學和玫瑰十字會、榮格心理學的靈性層面，甚至探索過女神崇拜的智慧，只爲了遠離這個無聊的「祂」。我甚至有段時間爲自己與猶太血統斷連感到惋惜，想像著如果我是猶太社群的一員，人生會是什麼光景。

直到一位靈性引路師的介入，我才改變了觀點。那時，我正經歷中年危機，便找她尋求指引。她談論上帝和靈性導師時毫不避諱，而我卻選擇刻意迴避這些詞。有天，她直接挑明問我是否對上帝有意見，我給予肯定的回答。她回了一句說：「那上帝對妳也會有意見。」我語帶收斂接著說：「也許，我只是對『God』這個詞有意見。」她又說：「那很好辦。妳可以用任何名字稱呼祂，伯特、查理、雪得，祂一點都不會介意。只要妳願意把心思放在祂身上就行了。」我恍然大悟，原來我可以不叫祂上帝啊？太好了！那也許我可以叫祂亞拉岡，畢竟那是我最愛的《魔戒》角色。我試著這麼做了一陣子，後來覺得還是不太實際，於是還是回到上帝這個稱呼。當我發覺自己可能只是因爲抗拒上帝這個詞，就切斷了與神性的連結，不禁覺得這樣未免太蠢了。因此，我重新讓「上帝」回到了我的生命與詞彙裡。

從那之後，我和上帝處得還不錯。我每天都會向祂祈禱，但我很少主動談起祂。這甚至是我第一次寫下有關祂的文字。我的靈性生活與實踐與任何人都無關，只與祂有關。我希望，祂看到我現在還特意把「Him」大寫，會莞爾一笑，也許祂會覺得這個以前的叛逆小鬼有點可愛吧。

「God」這個詞的歷史十分複雜，最初其實是個中性詞，直到基督教傳入後，才逐漸轉變爲陽性詞，與其他異教神區分開來。所以，上帝啊，無論祢是「She」、「He」，甚至是「They」，只能說很抱歉，當時的我眞的很傷心、也很生氣，但我知道，祢一定會無條件地原諒我。我也希望祢願意接納這份榮譽：成爲我的「智慧關鍵詞」壓軸登場。

問問自己

每個故事都需要有令人滿意和釋放情緒的收尾。在本章最後，我終於對一九七三年愚人節父親中風一事釋懷，並且向最高的父親形象——上帝——致敬。向神性臣服，這對我來說並不容易。父親中風後，母親跟我一樣很氣上帝。我們心裡有太多抗拒，糾結著「為什麼是爸爸？為什麼是我們？」、「這不公平！」；當然也有「要是爸爸沒中風，我的人生會是什麼樣子」。我幻想過那樣的未來，甚至寫了一個故事。但讓我意外的是，那個有健康父親的虛構人生，遠比我真實經歷的這段人生無聊許多。

你的故事收尾是什麼？解決了由「觸發事件」引發的衝突後，你經歷了什麼樣的轉變？你的「智慧關鍵詞」又帶來什麼人生啟示？

無論你現在的生命故事走到哪一步，以下的提問也許可以帶給你靈感。如果你願意，練習時可以點一炷香，或至少找一個有助自己內在寧靜的室內或室外空間。這個階段有時稱作「挖寶回家」。回答這些問題時，專注於你過去經驗帶來的智慧。哪些經驗和教訓值得與人分享？和之前一樣，拿起筆，自由地在紙上書寫，直到你覺得滿意為止。

- 哪些詞幫助你的生命故事收尾？
- 哪些詞代表你最大的蛻變？
- 哪些詞仍然讓你感到痛苦？
- 哪些詞幫助你療癒？
- 哪些詞帶給你最多收穫？
- 哪些詞讓你更理解自己的人生？
- 哪些詞深深震撼你的靈魂？
- 哪些詞讓你連結到更深層的人生使命與意義？

第七章

最後的關鍵詞

正如前文所提，我們每個人都是不可靠的敘事者。但當我們生命走到盡頭，必須將這個敘事權交給身邊最親近的人時，這種「不可靠」的程度可能會大幅飆升。那些有頭有臉的名人留下的遺言，有些眞的是他們的最後話語，但有些很可能只是記錄歷史的後人一廂情願的想像。儘管如此，我們對遺言始終充滿好奇。據說，喜劇大師卓別林在臨終時，神父爲他唸最後的祈禱詞：「願上帝憐憫你的靈魂。」卓別林幽默地回應：「也對啦，畢竟我的靈魂本來就是上帝的嘛。」哎，要是在生命最後一刻還能這麼機智，該有多好！但老實說，那些所謂的「名人遺言」，眞的都是在臨終前一秒說的嗎？恐怕未必。

我有次發現了一件很驚豔的事：語言學家麗莎．史瑪特（Lisa Smartt）細心記錄了她父親臨終前數日說的話，後來還推動了「臨終語言計畫」，專門研究她所謂的「生命盡頭的話語」。她發現，人在臨終前的話語往往呈現某些獨特的模式，例如會重複某些詞句、無明確指涉對象、聽起來毫無頭緒又難以解釋的話、奇怪卻似乎意義深遠的句子、大量使用隱喻。據說，在生命的最後階段，我們常會用對自己有意義的象徵與隱喻來表達當下的狀態。史瑪特發現，常見的隱喻都跟旅行或旅程有關，像是：「行李已收拾好了，我該走了。」「那輛黃色巴士來了！那裡面都是天使！」這些「旅程」的隱喻讓我深受感動，因爲它們與「英雄之旅」這個普世敘事架構完美契合，是一趟不斷循環的旅程。當你走到終點、挖寶回家時，下一段旅程其實也已開始了。這與佛教輪迴的概念不謀而合：生、死、重生，直到最終開悟才跳脫輪迴。

如果可以規畫人生最後所說的話，我會說些什麼？這當然取決於當時的情境，但如果我意識清醒，也許會說：「我向來都懂得如何用字遣詞……但終究有失語的一次。」我更希望自己到時會說一些比喻或瞎掰話，也可能是不著邊際的夢話，像是我最近就在夢中說出：「嬰兒長出綠葉很棒耶，代表他跟大地之母的連結。」我們死後，語言會去哪裡？靈魂還會繼續用語言思考嗎？我眞的想過這些問題。有時，我甚至期待能親自體驗看看，儘管屆時「我」已不復存在。這樣聽起來很奇怪嗎？

我在寫這本書的初稿時，世界各地爆發大規模的遊行示威，抗議喬治．佛洛伊德遇害的事件。

抗議群眾把佛洛伊德死前最後一句話「我沒辦法呼吸了」，轉化成號召群眾的口號，讓這句話產生巨大的影響力。每個詞都會留下不同的痕跡。你希望自己在生命最後的關鍵詞是什麼呢？

問問自己

花時間思考自己的遺言，這可能會讓你感到一絲不自在，但確實是很值得嘗試的練習，也可以順便想想，你最後一個關鍵詞會是什麼？

在經典的故事結構中，常會出現所謂的「首尾呼應時刻」，像是繞了一個圈、又回到了原點，讓整趟旅程留下更深層的意義。這樣的結構在電影和文學中十分常見，例如在《魔戒》中，佛羅多、山姆、梅里和皮聘最後回到夏爾，也是故事最初開始的地方，但他們早已不再是當初那群單純的哈比人，尤其是佛羅多，最終甚至選擇離開中土，前往灰港岸，因為他再回不去所謂「正常」的哈比人生活。

目前為止，你的生命故事是否有繞回原點的感覺？你生命最後的關鍵詞，是否跟你的第一個關鍵詞有所關聯？或是點出了更深層的主題呢？我個人的答案很簡單：每個詞，都會留下痕跡。

第二部分

運用你的關鍵詞

第八章

總結人生的關鍵詞

恭喜！你快要走完這趟用關鍵詞回顧人生的旅程了。

當然，這不會是唯一的一次。希望此刻的你，手邊已有一本筆記本，裡面記錄了對你人生來說最重要的關鍵詞，還有由這些詞彙啓發的故事，以及你在過程中對各種提問的回應。接下來呢？你可以如何運用這本人生關鍵詞詞典？以下有些實用的建議與可能的執行步驟。

如果你是商業領袖，可以挑選一個關鍵詞故事，跟客戶、團隊成員、合作夥伴或其他利害關係人建立更深的連結。舉例來說，我可以拿「害羞」這個詞來分享，讓那些在公開場合發言有困難的人產生共鳴，進而鼓勵他們開口。我也常在領導力溝通培訓課程上，使用「新浪漫派」這個詞介紹自己身爲資深音樂記者的經驗，藉此建立我的專業可信度。

《哈佛商業評論》的一篇訪談中，著名編劇羅伯特．麥基（Robert McKee）提到，「自我認識」是所有偉大故事的根基，而偉大的領導者都十分認識自己。他表示：「偉大的說書人（我猜偉大的領導者也是）看得見別人的人性，以富有同理心又務實的方式與人互動。」透過分享你的關鍵詞故事，不僅可以展現人性與同理心，還能讓別人也自在地分享他們的經驗。

我們可以學學兩位深知個人生命故事力量的領導者：美國前總統歐巴馬和企業家理查．布蘭森。以前常有人稱歐巴馬是「美國首席說書人」，早在一九九五年，他還未踏入政壇前，就出版了回憶錄《歐巴馬的夢想之路：以父之名》（*Dreams from My Father*）。他曾說：「我必須先了解自己的故事，才能眞正傾聽並幫助別人理解他們的故事。」他的演說經常融入自己的多元文化背景，藉此拉近與不同群眾的距離、建立信任感，說服大家接受他的理念。

理查．布蘭森則經常透過個人故事來強化他與「維珍」品牌的信任關係。舉例來說，他談到維珍大西洋航空的創立故事：當年，他的航班座位被取消，無法從波多黎各飛往英屬維京群島（British Virgin Islands）見未來的妻子，於是決定包下一架飛機，讓其他受影響的乘客以每人三十九美元的價格搭乘，笑稱這趟航班爲「Virgin Airlines」。在維珍網站一篇探討故事力與創業精神的文章中，他寫道：「說故事的歷史跟營火一樣悠久，也跟推特貼文一樣年輕。一般人能一眼識破那些虛假、刻意包裝、充滿算計的故事，眞正打動人的生命故事，必須用心來說，而不只是用腦袋來說。」

如果你是講者，可以挑選一個關鍵詞故事，融入你的主題演說或簡報中，甚至發展成長版的完整演說內容。關鍵是要選擇契合主題、又讓聽眾產生共鳴的故事。我經常提到演說要「情與理並重」，意思是內容要兼具情感元素（通常是故事）和事實／邏輯分析（數據或研究）。快速瀏覽一下我在前文提到的關鍵詞，我可以聊聊自己如何從「文字工作者」、「編輯」一路走到成爲「作家」；如果想要更貼近個人的角度，我可以聊聊「中風」這個詞，以及後續的觸發事件何以衝擊我的人生。我也可以藉由分享部分關鍵詞故事，闡述每個詞都會留下痕跡。

我很喜歡用一個例子說明生命故事能傳達強大的理念：神經解剖學家吉兒．波爾特．泰勒（Jill Bolte Taylor）在TED演講《你腦內的兩個世界》（*My Stroke of Insight*）中生動描述了自己經歷中風的過程，分享這場意外如何改變她對現實的認知。另一個例子則是在影片《泉水》（*The Spring*）中，史考特．哈里森（Scott Harrison）分享自己從靡爛的夜店推廣人，轉變爲公益組織「慈善：水」（charity: water）創辦人的旅程，立志要解決全球水資源危機。這是我看過數一數二深刻又動人的說故事案例，大力推薦！如果這部影片無法打動你捐款，那大概沒有什麼能打動你了。這支影片至今累積超過三千萬次觀看，哈里森的關鍵詞毫無疑問是「水」，也可能是「救贖」。

如果你是部落客，可以將任何關鍵詞故事當成部落格主題。我自己則是反其道而行，先寫了一篇部落格文章〈從鞋底到靈魂〉（Sole to Soul），才決定把「細高跟鞋」加進我的人生關鍵詞詞典。現在，我擁有了寶貴的素材庫，可以撰寫一系列個人主題的部落格文章。我可以挑任何一個關鍵詞故事，拓展成八百字的文章，加入能引發讀者共鳴的訊息或寓意。同時，如果你想在商業導向的部落格增添個人色彩，也可以穿插關鍵詞故事，達到「情與理並重」。如果你的關鍵詞有雙重涵義，例如「Single」就有「單曲」與「單身」兩個版本，這就能寫成一篇有趣的文章。

如果你是商業類書籍的作家，你可能會發現自己的人生關鍵詞故事其實有助於傳達個人背景、人生哲學、價值觀、信念與初衷。這些故事也有助讀者了解你的身分、來歷和讀書的理由。我經常遇到作家會有所顧忌地說：「我不想讓整本書都變成在講我自己。」但身爲讀者的我，其實很希望感受到作者的個性、過去的經驗，這樣才能眞正理解他想傳遞的資訊、建議和思維領導力。如果一位作家願意去思考對自己來說眞正重要的事，也願意大方地與我分享，那我通常會深受吸引。伊莉莎白·吉兒伯特（Elizabeth Gilbert）就是這方面的高手。她在二〇一五年問世的非小說《創造力》（*Big Magic*）讓我百般著迷，喜愛程度不亞於她二〇〇七年的回憶錄《享受吧！一個人的旅行》（*Eat, Pray, Love*）。

如果你是中年人（或即將邁入中年），可以把「人生關鍵詞詞典」當作反思練習或個人成長的工具。我建議你把這加入寫日誌的習慣，寫日誌沒有一定的規則，但可以每天早上起床後進行晨間書寫。茱莉亞·卡麥隆（Julia Cameron）寫了許多本書探討創造力和寫作，包括《創作，是心靈療癒的旅程》（*The Artist's Way*）與《寫，就對了！》（*The Right to Write*）。她率先提倡了這個方法：每天早上把腦袋所有念頭寫下來，直到寫滿三面Ａ4爲止，完全不用壓抑或修飾，因爲這些內容只有你自己看得到。如果覺得三面太多寫不完，寫兩面也沒關係。針對人生關鍵詞或本書裡的提問，更深入地書寫、探索，想到什麼就寫什麼，不帶評價、也不用急著下結論。我自己連續兩年進行晨間書寫，過程中眞的挖掘出一些讓我意想不到的寶藏。

最後，正如理查·史東（Richard Stone）在《沙發上的說話課》（*The Healing Art of Storytelling*）中寫道：「過去的故事隨時都能重新詮釋。如果有所謂的自由，這也許就是自由了。我們不必再受困於過去的故事，而是能同時成爲劇中角色與編劇，主導自己的人生。」

其他小叮嚀

如果你想要建立「人生關鍵詞詞典」，這裡有額外的說明：

- **時時刻刻聽從直覺的引導，相信當下浮現的話語。**
- **選好關鍵詞後就寫在便利貼上，貼在白板或顯眼的地方，讓自己能持續思考它們的意義。**
- **關鍵詞必須是真正對你有意義的詞，如果覺得不夠精確，可以使用同**

義詞詞典尋找更貼切的詞彙。

- 不妨查閱這些關鍵詞的詞源，看看原本的意思是否會改變你的認知。
- 如果你是視覺型人，可以像我畫「臣服」一樣，畫出關鍵詞的圖像。

你的關鍵詞清單具體成形後，思考以下問題：

- 你為什麼選擇這些詞？
- 這些詞對你的生活產生了什麼影響？
- 這些詞為何依然讓你產生共鳴？
- 這些詞現在對你來說有什麼意義？
- 這些詞是否潛藏著未釋放的能量？
- 這些詞是否限制了你，讓你無法完全活出自己？
- 你能跟這些詞和解嗎？
- 你能否肯定曾為你帶來美好的關鍵詞？

- **你能看出這些詞要告訴你的故事嗎？**
- **這些詞是否蘊藏專屬於你的訊息？**
- **這些詞究竟要表達什麼？**

回答這些問題、書寫你的關鍵詞，你就會梳理自己過去的生命歷程，接受並擁有那些曾帶來痛苦的時刻，進而重新詮釋你的故事。這個過程可以引領你釐清人生中的關鍵事件，整合成有脈絡的故事。接下來的章節會引導你如何完成這件事。

構築完整的生命故事

這個練習也許不容易，但從我的經驗來看，這絕對值得投入時間與心力。即使我已多次回顧自己的生命故事，但在編纂這本人生關鍵詞詞典的過程中，我仍然獲得了許多新的洞見。我發現，這些詞的排列順序，完整呈現了我的成長歷程與專業身分的轉變。我可以看見童年關鍵詞的單純、青春期關鍵詞的迷惘、成年關鍵詞的探索、中年關鍵詞的痛苦與快樂，以及得來不易的智慧關鍵詞。即使部分關鍵詞之間沒有明顯的關聯，但它們仍然拼湊出一條清晰的故事軌跡。

我完成「人生關鍵詞詞典」後，就在A2紙上畫了一張「關鍵詞地圖」（類似心智圖），按照先後順序寫下所有詞彙。這讓我可以從更大的格局觀看自己的故事，我還逐一唸出來並錄音。我大力推薦這個方式，不僅能說出意義深遠的生命故事，涵蓋故事結構中的關鍵點，還可以發現隱藏在字裡行間「故事中的故事」。

以下是我的完整生命故事簡化版，同時標註了故事結構中的關鍵點。你可以依樣畫葫蘆，建立你自己的範本。

故事的開端充滿了溫暖、安心、光明與歡笑。我發現自己是一個敏感的小孩，但這份敏感不見得會獲得身邊親友的理解。小學時，我不僅人緣好，又擅長寫作與唱歌。表演讓我找到慰藉，但同時，青

春期的部分經驗卻讓我深受打擊。正當我努力釐清自己的感受與身分時，父親卻中風了，我的人生瞬間天翻地覆。（觸發事件）

為了逃避混亂的情緒，我加入樂團開始唱歌。後來，我成了一名祕書，最終進入音樂雜誌社，擔任編輯的祕書。我在那裡培養自己的寫作才能，並成為一名音樂記者，還用筆名隱藏自己的真實身分。我踏入了一九八〇年代的流行音樂圈，為新浪漫派運動貢獻心力。我建立了自己的名聲，但躲在我創造的人設後面。我內心仍然充滿青春期的困惑，始終沒有真正找到自己。即使現在回想起來，依然還是感到難過。（衝突加劇）

我在職涯上有所成就，甚至影響了英文的發展。我當上八卦專欄記者，開始穿細高跟鞋、散發「女王」氣場，用外在形象來保護內在脆弱的自己。與此同時，我也開始尋找生命的意義，學習占星學、接觸心理諮商。然而，我始終無法真正快樂，情感上仍然矛盾不安。成功歸成功，我卻經歷許多的起起伏伏。

隨著職涯持續發展，我成為編輯，但壓力過大，最後身心俱疲。（第一次危機時刻）我從高調的生活逐漸退居幕後，也丟掉筆名，進入英國主流報社工作，體驗職涯的顛峰時期。我與同事建立了深厚的革命情感，但喝酒讓我的情緒更加不穩定。長時間下來，我很努力想讓自己快樂，卻老覺得心裡缺了什麼。

我嘗試了老少戀，並遇見了未來的老公。（轉捩點）不久後，我與一位摯友重逢，但她卻在不久後罹癌去世。隔年，我選擇在她的生日當天結婚。婚姻曾帶給我短暫的幸福，即使我老公曾承諾會永遠陪伴我，我們的婚姻最終只維持了兩年，我不得不訴請離婚。（第二次危機時刻）

直到五十多歲，我才真正面對自己自十六歲以來壓抑的悲慟。我開始深入學習、反思、療癒與獨處。同時，我也推動自己走向世界，把那些未曾說出口的事，一一說出來。（高潮）我學會公開演說，成為一名教練、培訓師與說書人。我開始珍惜滿足與寧靜，理解清晰看待事物的重要。我成為一名作家，開始重視直覺，連結自己內心深處。我思考臣服的意義，也意識到自己一直難以真正放手、交給上帝。

這就是我目前看到的故事：一個女生從青春期到二十歲出頭，情感沒有機會發展成熟，拚命想成為別人心目中的樣子，熬過許多情感與心理上的關卡。但她也利用了自己的機會，在事業上成就斐然。雖然她的親密關係不如事業成功，但如今的她已跟自己和解了。她運用自己的直覺與智慧，也有能力自省與接納，以及感謝自己擁有的一切和現在的樣貌，慢慢找回內心的平靜、自在與安心。現在她邁入人生下半場，正逐漸成為能泰然自處又有智慧的女性。（收尾）

這只是我可以寫的眾多生命故事之一。在某些方面，我仍對自己有所批判，所以還有其他更有力量的故事。但這個故事「收尾」帶來了平靜與自我接納，我也眞正感受到自己是人生的掌舵者、也是自己故事的主人。我好像釋放了某些長久困在這些關鍵詞與故事中的能量，進而在心理和情感上爲自己打造了更寬廣的空間。

這就是這類反思練習的價值所在：更加深刻覺察自己一路走來的軌跡，我也隱約看見了未來可能的方向。你可以運用類似的方法，找出自己生命故事中的轉捩點與重要時刻，深化過去經驗的意義與深度。當然，並不是所有的人生經驗都能工整地嵌入故事架構，但透過回顧與揀選你分享的故事，你會有所收穫。

超能力詞受洗

如果你希望和朋友或同事一起編纂人生關鍵詞詞典，我強烈推薦這個活動（由晶采演說學院執行長莎拉・勞伊德—休斯研發與授權使用）。我通常會在團體培訓課程的最後安排這個活動，建議至少四人參與，效果最佳。

每個人輪流成爲「受洗者」，其他成員大聲說出他們認爲這個人的特質與優點，指派一位成員負責把這些詞記錄在紙上（如果是視訊會議平台，就可以在聊天室輸入）。

所有人都說完一遍後，受洗者要大聲唸出這些詞，但唯一能回應的話就是：

「謝謝。」這樣的設計是爲了讓我們學習接受讚美，而不是加以否認。

我們平常鮮少有機會眞心接納別人對我們的肯定，也不太知道自己在別人眼裡的模樣。這個活動能幫你挖掘出那些近在眼前、卻未察覺的關鍵詞，值得放進你的人生詞典。

在此，我要分享一次培訓師小聚時，我收到的超能力詞。當你感到難過、焦慮或對自己沒自信時，這些超能力詞會是很好的提醒，呈現了文字最有力量的一面，跟禮物一樣華麗又有意義：

美麗、聰慧、冷靜、關懷、聰明、富有同理心、創意十足、令人愉悅、友善、好笑、幽默、慷慨、天才、洞察力強、善良、目標明確、充滿愛、充滿魅力、魔法師、忍者、耐心、敏銳、風趣、內在寬廣、堅強、體貼、充滿活力、智慧、文字工匠。

謝謝，謝謝，謝謝。

結語

你來到這趟人生關鍵詞之旅的尾聲了，希望你已挖掘出對自己眞正有價值的洞見，這不只會有助你過上更完整的人生，也能協助身邊的人活得更充實。希望你能找到方法分享自己部分或全部的生命故事，只要有助於自我成長、也能讓你的目標讀者或聽眾產生共鳴即可。也希望在我分享的生命故事中，你看見自己也有能力去分享屬於你的那一份經驗。同時，也別忘了持續更新人生詞典，慢慢建立自我認識。

最後務必要記得，選出那些眞正對你重要的關鍵詞，等於是在挖掘自己曾被壓抑、被隱藏、不被肯定、被誤解，甚至被排除的部分，也同時找回了內在需要表達、看見、肯定、釐清、讚揚的部分。說起來，人生就像塡字遊戲，選對詞，就有助你破關。

如果你想要有更多靈感，協助你繼續擴充自己的人生詞典、探索你的關鍵詞故事，上網搜尋：beverleyglick.com。如果你希望有人協助你寫出完整的生命故事，請直接聯絡我：info@beverleyglick.com。

致謝

首先，我要感謝我的朋友、恩師與合作夥伴尼克．威廉斯，是他用激將法要我先擬定這本書的架構，之後又答應撰寫推薦序。我曾鼓勵他把自己的生命故事整理成書（即《*Pivotal Moments*》），如今，他也成爲促使我完成這本書的動力。

感謝我的父母，他們一生的辛勞爲我留下了一筆遺產，資助我出版這本書。如果沒有他們，我也不會有生命故事可說。

感謝我弟弟 Bryan（家中小說家），他始終支持我，給予寶貴的寫作建議；也感謝我姊姊 Ginette，她勇敢地在故事派對上分享自己的故事，帶給我莫大鼓舞。

感謝我的摯友 Rona Steinberg，她讀過這本書的草稿，鼓勵我繼續往下寫；感謝 Nicky Moran，她在疫情期間發起的熱情專案，是我完成第一份完整初稿的重要推手。

感謝 The Right Book Company 的同事們，尤其是 Sue Richardson，讓我有機

會做我熱愛的工作，也對我與這本書充滿信心；感謝 Paul East 的行銷與出版專業。感謝兩位編輯：Marian Olney 溫柔的引導與深刻的見解、Andrew Chapman 敏銳的眼光與鼓勵。

感謝莎拉．勞伊德—休斯，她不僅肯定我身爲領導力溝通培訓師的能力，也讓我在書中分享「超能力詞受洗」這項活動。最後要感謝故事派對的所有合作夥伴：Mary Ann Clements、Yang-May Ooi、Robin Bayley 和 Jojo Thomas，感謝你們情義相挺、跟我一樣熱愛說故事！

參考資料

推薦序

Williams, N (2010) *The Work We Were Born to Do: Find the work you love, love the work you do*. Balloon View.

Williams, N (2015) *Pivotal Moments: Stories of courage and vulnerability on my journey of doing what I was born to do*. Amazon Kindle.

前言

Glick, B (23 March 2020) ‘A new language for a new reality’. URL: beverleyglick.com/written-word/a-new-language-for-a-new-reality

Baldwin, C (2007) *Storycatcher: Making sense of our lives through the power and practice of story*. New World Library.

Rogers, C R (1995, first published 1961) *On Becoming a Person: A therapist's view of psychotherapy*. Houghton Mifflin.

Golden, J (2017) *Retellable: How your essential stories unlock power and purpose*. Walkingstar Studios.

Widrich, L (2012) ‘The science of storytelling: What listening to a story does to our brains’. Buffer 29 November. URL: buffer.com/resources/science-of-storytelling-why-telling-a-story-is-the-most-powerful-way-to-activate-our-brains

Glick, B (2022) ‘Leveraging the science of storytelling’. Ginger Leadership Communications 14 December. URL: gingerleadershipcomms.com/article/win-hearts-and-minds-in-turbulent-times-by-leveraging-the-science-of-storytelling

Stanford Business (2021) ‘Brains Love Stories: How leveraging neuroscience can capture people's emotions’. Stanford Graduate School of Business, 2 September. URL: gsb.stanford.edu/insights/brains-love-stories-how-leveraging-neuroscience-can-capture-peoples-emotions

Peterson, L (2017) ‘The science behind the art of storytelling’. Harvard Business Publishing, 14 November. URL: harvardbusiness.org/the-science-behind-the-art-of-storytelling

Aaker, J (2019) ‘Harnessing the power of stories’. Stanford University. URL: womensleadership.stanford.edu/resources/voice-influence/harnessing-power-stories

Mufarech, A (2022) ‘The stories we tell about ourselves: Understanding our personal narratives with psychologist Dan McAdams’. North by Northwestern, 25 January. URL: northbynorthwestern.com/the-stories-we-tell-about-ourselves

Gotschall, J (2013) *The Storytelling Animal: How stories make us human*. Mariner Books.

The Story Party: thestoryparty.co.uk

Stone, R (1996) *The Healing Art of Storytelling: A sacred journey of personal discovery*. Authors Choice Press/iUniverse Inc.

Reedsy (8 August 2022) 'Story structure: 7 narrative structures all writers should know'. URL: blog.reedsy.com/guide/story-structure

Reedsy (8 October 2021) 'The Inciting Incident: Definition, examples & writing tips'. URL: blog.reedsy.com/inciting-incident

Online Etymology Dictionary: etymonline.com

Michelson Foy, G (2022) 'The creative benefits of writing longhand'. *Psychology Today* 30 May. URL: psychologytoday.com/gb/blog/shut-and-listen/202205/the-creative-benefits-writing-longhand

第一章　最初的關鍵詞

Barley, N (2012) *The Innocent Anthropologist: Notes from a mud hut*. Eland Publishing.

Erard, M (2019) 'A cultural history of first words'. Paris Review 26 July. URL: theparisreview.org/blog/2019/07/26/a-cultural-history-of-first-words

第二章　童年的關鍵詞

Buster, B (2013) *Do Story: How to tell your story so the world listens*. Do Books.

INFJ personality type: 16personalities.com/infj-personality

Whyte, D (2014) *Consolations: The solace, nourishment and underlying meaning of everyday words*. Canongate.

Goldschneider, G & Eiffers, J (1994) *The Secret Language of Birthdays*. E P Dutton.

Margolis, M (2009) *Believe Me: A storytelling manifesto for changemakers and innovators*. Get Storied Press.

第三章　青春期的關鍵詞

Story Grid (2023) ‘Inciting incident: Definition and 6 examples for how to start your story’. URL: storygrid.com/inciting-incident

Lloyd, C (2023) *You Are Not Alone: From the creator and host of Griefcast*. Bloomsbury Tonic.

Tennis Shoes tribute site: stewartdmv.co.uk/TennisShoes%2002a.html

第四章　成年的關鍵詞

Glick, B (4 August 2021) ‘Dear Alan, you changed my life. I hope I can be the Alan in someone else's life’. URL: beverleyglick.com/mystories/dear-alan-you-changed-my-life-i-hope-i-can-be-the-alan-in-someone-elses-life

Kemp, G (2009) *I Know This Much: From Soho to Spandau*. Fourth Estate.

Rock's Back Pages (library of music journalism featuring articles by Betty Page): rocksbackpages.com

BBC Radio 4 (2022) ‘Gossip: Eight reasons why we can't resist it’. *Woman's Hour*. URL: bbc.co.uk/programmes/articles/5RlZLd0rLY-DztQM5S6zXTLZ/gossip-eight-reasons-why-we-can-t-resist-it

Story Grid, ‘Turning point progressive complication: connecting the reader to the protagonist’. URL: storygrid.com/turning-point-progressive-complication

第五章　中年的關鍵詞

King, S (1986) ‘Everything you need to know about writing successfully – in ten minutes’. *The Writer*.

Toyboy Warehouse: toyboywarehouse.com

Klein, J (2022) ‘Dry Dating: The rise of sober love and sex’. BBC 11 February. URL: bbc.com/worklife/article/20220209-dry-dating-the-rise-of-sober-love-and-sex

Glick, B (2009) ‘I found my true love at 50’. *Sunday Express* 4 January. URL: express.co.uk/expressyourself/78337/I-found-my-true-love-at-50

Glick, B (2014) ‘How marriage to my toyboy husband (22 years my junior) ended in tears’. *Daily Telegraph* 13 August. URL: telegraph.co.uk/women/womens-life/11030461/Divorce-research-Marriage-to-my-toyboy-husband-ended-in-tears.html

Chowdhury, M R (2019) ‘The neuroscience of gratitude and effects on the brain’. *Positive Psychology* 9 April. URL: positivepsychology.com/neuroscience-of-gratitude/#home

Allen, S, PhD (2018) ‘The science of gratitude’. Greater Good Science Center. URL: ggsc.berkeley.edu/images/uploads/GGSC-JTF_White_Paper-Gratitude-FINAL.pdf

Glick, B (7 October 2020) ‘Dear Mum, here's my final gift of gratitude’. URL: beverleyglick.com/mystories/dear-mum-heres-my-final-gift-of-gratitude

Dalai Lama & Tutu, D (2016) *The Book of Joy: Lasting happiness in a changing world*. Hutchinson.

第六章　智慧的關鍵詞

Senior, J (2021) ‘What Bobby McIlvaine left behind’. The Atlantic 9 August. URL: theatlantic.com/magazine/archive/2021/09/twenty-years-gone-911-bobby-mcilvaine/619490. Also available in paperback (2023) *On Grief: Love, loss, memory*. Atlantic Editions.

Murray Parkes, C (1972) *Bereavement: Studies of grief in adult life*. Penguin.

Kessler, D (2019) *Finding Meaning: The sixth stage of grief*. Rider.

Popova, M (2012) ‘Susan Sontag on writing’. *The Marginalian* 25 July. URL: themarginalian.org/2012/07/25/susan-sontag-on-writing

Story Grid, ‘Story Crisis: Triggering Change in the Protagonist’. URL: storygrid.com/story-crisis

Ginger Leadership Communications: gingerleadershipcomms.com

Glick, B (2015) *Dig for the Story in Your Soul: #StoryWisdom to help you author an authentic life*. Amazon Kindle.

Vanaken, L et al (2021) ‘Narrative coherence predicts emotional well-being during the Covid-19 pandemic: A two-year longitudinal study’. *Cognition and Emotion* 36(1). URL: tandfonline.com/doi/full/10.1080/02699931.2021.1902283

Konnikova, M (2012) ‘Our storytelling minds: Do we ever really know what's going on inside?’. *Scientific American* 8 March. URL: blogs.scientificamerican.com/literally-psyched/our-storytelling-minds-do-we-ever-really-know-whats-going-on-inside

Northwestern University (2014) ‘How your memory rewrites the past’. *PsyPost* 5 February. URL: psypost.org/2014/02/how-your-memory-rewrites-the-past-22569

Popova, M (2013) ‘Neurologist Oliver Sacks on memory, plagiarism and the necessary forgettings of creativity’. *The Marginalian* 4 February. URL: themarginalian.org/2013/02/04/oliver-sacks-on-memory-and-plagiarism

The Daily at the New York Times. Special Episode: The Latest from Minneapolis (29 May 2020). URL: nytimes.com/2020/05/29/podcasts/the-daily/george-floyd-minneapolis.html

Overbey, E (2011) ‘Nabokov's blue butterflies’. *New Yorker* 26 January. URL: newyorker.com/books/page-turner/nabokovs-blue-butterflies

Bragg, M (2003) *The Adventure of English*. YouTube. URL: youtube.com/playlist?list=PLez3PPtnpncRpf__w_8XWEca2EDv25h3e

Tolle, E (1997) *The Power of Now: A guide to spiritual enlightenment*. New World Library.

Furrah Syed's Art Meets Poetry project: furrahsyedart.com/art-meets-poetry

第七章　最後的關鍵詞

Final Words Project: finalwordsproject.org

第八章　總結人生的關鍵詞

Fryer, B (June 2003 interview with Robert McKee) ‘Storytelling that moves people’. *Harvard Business Review*. URL: hbr.org/2003/06/storytelling-that-moves-people

Obama, B (1995) *Dreams from My Father: A story of race and inheritance*. Times Books (US).

Lee, Carol E (2009) ‘Obama gets personal’. *Politico* 30 March. URL: politico.com/story/2009/03/obama-gets-personal-020636

Branson, R (2016) ‘Why entrepreneurs are storytellers’. Virgin 9 February. URL: virgin.com/branson-family/richard-branson-blog/why-entrepreneurs-are-storytellers

Bolte-Taylor, Jill (2008) ‘My Stroke of Insight’. URL: ted.com/talks/jill_bolte_taylor_my_stroke_of_insight?language=en

charity: water (2020) *The Spring: The charity: water story* (2020). You Tube. URL: youtube.com/watch?v=bdBG5VO01e0

Glick, B (30 March 2013), ‘Sole to Soul’. URL: beverleyglick.com/mystories/sole-to-soul

Gilbert, E (2015) *Big Magic: How to live a creative life, and let go of your fear*; (2007) *Eat Pray Love: One woman’s search for everything*. Bloomsbury Publishing.

Cameron, J (1992) *The Artist's Way: A course in recovering and discovering your creative self*. Pan Books; (1998) *The Right to Write: An invitation and initiation into the writing life*. Hay House UK.

延伸閱讀

Story structures: Storygrid.com; blog.reedsy.com

Narrative transformation (Michael Margolis): storiedinc.com

TED talks about storytelling ted.com/topics/storytelling

Bowles, M et al (2022) *How to Tell a Story: The essential guide to memorable storytelling from The Moth*. Short Books.

Haven, K (2007) *Story Proof: The science behind the startling power of story*. Libraries Unlimited.

Metzger, D (1993) *Writing for Your Life: Discovering the story of your life's journey*. Harper One.

Perry, P (2012) *How to Stay Sane: The art of revising your inner storytelling*. Macmillan.

Sachs, J (2012) *Winning the Story Wars: Why those who tell (and live) the best stories will rule the future*. Harvard Business Review Press.

Storr, W (2019) *The Science of Storytelling: Why stories make us human and how to tell them better*. HarperCollins.

Eurasian Publishing Group
圓神出版事業機構　先覺出版社 Prophet Press

www.booklife.com.tw　reader@mail.eurasian.com.tw

人文思潮 182

寫下你的關鍵詞：選對詞，解鎖生命故事，展現影響力

作　　者／貝佛莉．葛利克（Beverley Glick）
譯　　者／林步昇
發 行 人／簡志忠
出 版 者／先覺出版股份有限公司
地　　址／臺北市南京東路四段50號6樓之1
電　　話／（02）2579-6600．2579-8800．2570-3939
傳　　真／（02）2579-0338．2577-3220．2570-3636
副 社 長／陳秋月
副總編輯／李宛蓁
責任編輯／劉珈盈
校　　對／林淑鈴．劉珈盈
美術編輯／林韋伶
行銷企畫／陳禹伶．黃惟儂
印務統籌／劉鳳剛．高榮祥
監　　印／高榮祥
排　　版／杜易蓉
經 銷 商／叩應股份有限公司
郵撥帳號／18707239
法律顧問／圓神出版事業機構法律顧問　蕭雄淋律師
印　　刷／祥峰印刷廠
2025年6月　初版

In Your Own Words:
Unlock the power of your life stories to influence, inspire and build trust

定價 320 元　ISBN 978-986-134-535-2

選出那些真正對你重要的關鍵詞，等於是在挖掘自己曾被壓抑、被隱藏、不被肯定、被誤解，甚至被排除的部分，也同時找回了內在需要表達、看見、肯定、釐清、讚揚的部分。說起來，人生就像填字遊戲，選對詞，就有助你破關。

——《寫下你的關鍵詞：選對詞，解鎖生命故事，展現影響力》

國家圖書館出版品預行編目資料

寫下你的關鍵詞：選對詞，解鎖生命故事，展現影響力／
貝佛莉．葛利克（Beverley Glick）著；林步昇 譯．-- 初版．
-- 臺北市：先覺出版股份有限公司，2025.6
240 面；14.8×20.8 公分 --（人文思潮；182）
譯自：In Your Own Words: Unlock the power of your life
stories to influence, inspire and build trust

ISBN 978-986-134-535-2（平裝）

1. 說故事　2. 傳記　3. 傳記寫作法

811.39　　114004485